偶·遇

籬籬櫻——著

目錄

楔子……005
第一章……008
第二章……030
第三章……056
第四章……080
第五章……106
第六章……142
第七章……164
第八章……192
終章……222

楔子

在那個地方思考自己何時身在此處毫無意義，白晝與黑夜切割速度之快也令他毫無時間流動之感，但他依然靜靜佇立著，應該說，直挺挺的佇立是他唯一待在這裡的義務，但或許自己本身還能意識到「思考」這項權利就足以說明他跟在場其他與他相同無機物最大的差別。

那麼，現在最重要的問題是：他是誰？

他有眼、口、耳、鼻，以及人體該有的四肢，但眞正作用的似乎只有蘊含金色光芒的玻璃瞳孔，且需旁人操作才有辦法做出眨眼這個動作，大部分的時候他只能被動的接收視線窗口描繪的世界而已。跟他一樣有軀幹與人形，姑且當作是同類的其他人，在黑暗壟罩這個房間時，多雙瞳孔粼粼反射出的微光，在他看來就像他們在進行他無法參與的無語交流，這段期間他會強迫自己休眠，最好不要多想任何事，想了也是枉然。

他曾想細思「自己」的存在時，腦海卻像是被鎖上的寶盒一般，除非有名爲刺激的工具可以敲爛那個鎖，才有可能挖掘更多關於他自己的事。

如果將黑暗與明亮的切換作爲日子單位，那從他有意識以來至少已經過一個月了，不過有時黑白切換的頻率不一，所以他待在這裡的時間可能也沒想像中久，偶爾他會被搬動到更爲寬闊的地方，然而通常這種時候，他的視線會搖晃的相當劇烈，所以他也難以判斷當下自己的軀體到底發生了什麼事。

今天依舊有人進入了房間，帶走了一些同伴後，很難得的也來領走了他。從對方放大的臉孔與輕鬆托起他來看，眼前人類想必比自己還要高大許多；原本以爲又會像往常一樣，被迫觀看無法理解的視角，直到有一人遠遠的走過來進入他的視線，來者似乎只是剛好經過而已，他在看清那人的五官後，那瞬間，除了視覺以外的感官鮮明了起來。

啊。

他找回自己的聲音。他聽聞周遭吵雜的喧囂。他嗅得悶暑下的汗臭味。

腦海中的鎖找到了鑰匙，回想起一項後接下來就更快了，其他的回憶、常識與對世界的理解就像奮力拉起繩子一般，從腦海裡的寶盒抽出，並甦醒。

啊。**啊**。**啊**。

他想起了自己的名字、來者的身分，那曾經是他很重要的友人，在認知到自己是因爲他而回想所有一切時甚至感到胸口湧入一股暖流，對了，自己也曾經擁有心。

他想轉頭再次看看擦身而過的那個人，他想再度呼喚那個人的名字。雖然找回了作爲人類的本能與記憶，現在的他卻連這麼簡單的動作也做不到。

——戲偶眼中烙印的人影漸漸遠去，而它只能看著沒有那個人存在的無聊景色。

第一章

老舊馬達嘎嘎作響地捲起不甚涼爽的微風，電風扇效果實在有限，於是社桌上還有一些直接以手機作爲電量來源的小型風扇，學校設備裡老早就有許多該汰換的裝置，但從來就不會將經費放在刀口上，不過就算有充足的經費好了，想必也不會撥發給人煙稀少的社團上，葉雨荷如是想，但比起在心中埋怨學校的經費政策，現在這個社團有更重要的是需要全體社員集思廣益。

「所以……你們有想好期初要怎麼拉人進來社團嗎？」回應她的只是一片沉寂。

葉雨荷揉了揉眉間，暑假期間還來沒開冷氣的社團辦公室裡開會簡直是酷刑，得不到回應只使得煩悶苦上加苦。

「社長有想法嗎？」

被葉雨荷稱呼社長的女孩抖了抖，明明社長才是她，但此時的她盡可能的迴避對方投來的目光：「直接用小尊的上台演一場？」

「我們沒戲台。」隔著桌子坐在他對面的少年淡淡否決。

「用大尊偶直接秀武戲！」

「你手撐十分鐘不會抖我們就上。」

「角色扮演！」

「沒經費買衣服或布料。」

接連幾項提案都被現實層面的問題回絕，短捲棕髮的少女不耐煩地對少年碎念：「不然你有更好的方法嗎？」

「沒，所以我建議比照去年辦理，靜態展戲偶就好，剩下的只能祈禱下一屆新生當中有戲迷了。」

「太消極了！而且我們表演都已經報名了，不能不上台！」葉雨荷不滿的嚷嚷，「我們需要拓展戲迷以外的新人入社才行。」

「小荷，這麼說其實有點強人所難……」社長——花芊雯斟酌想好不會傷到學妹的語句才繼續後話：「我們這種類型的社團，本來就只能招到本身有在看布袋戲的圈內同好，才有可能招到新社員。」

「所以，」至始至終相當冷靜的嗓音來自於擔任文書的石益宏，但在葉雨荷與花芊雯聽來，這番話只是又把討論拉進死胡同的結語，「我們才在開學前一個禮拜開社團博覽會的會議不是嗎？難得可以上台表演。」

位在台北的公立唯世大學在每學年時都會舉行集結所有的社團博覽會，主要就是在校園裡的主要幹道上由全部的社團進行擺攤，吸引新生入社，通常較爲顯眼或偏向大衆的社團只要一舉招牌、高呼足以使人印象深刻的口號，就能招呼到一定人數的大一新生，舉凡吉他社或知名康輔性社團，然而文藝性社團或是不突出的小社團，對這些社團來說，社團博覽會是每年最重要的盛事，沒把握好展現社團魅力的機會就等同輸在起跑點。

而今年比較特別的，是爲期三天的社博會在第二天給予各社團上台表演的名額，因爲屬於自願性質，於是本身就有表演元素的社團理所當然地爭相報名，也有不少社團打著先佔位後補票的便宜主意，反正課外組抓得鬆，只要在表演前一天通知是否需要音響、麥克風等相關設施的數量，報了名、沒上場，那是該社丟臉，於是早在開放報名之時，身爲社長的花芊雯便立時佔了其中一個名額。

對於他們來說，唯世大學布袋戲研習社急需這次的表演機會。

「不如……我們講解生旦淨末丑？」這是葉雨荷昨晚苦思得出的折衷方案。

所謂的「生旦淨末丑」，是指傳統戲曲中人物角色的行當分類，舉凡歌仔戲、京劇、以及布袋戲都能以這五種類別作爲角色設計發想，雖然在以現今講求開創、特別的現代布袋戲裡早無明顯傳統行當的分類，一名男角可以同時擁有文生與武生的特質，女旦也不再只限於娘家婦女的傳統戲路，泛指威猛英武的武將角色「淨」，現在隨便一把抓幾乎都可以當作是擦邊球「淨」角，唯一從外表最好分辨的是代表年老男角的「末」，緩和氣氛的甘草人物

「丑」，有時候卻會落得比其他角色都還要慘的地獄型退場待遇，除此之外還有不屬於上述五種類型角色的「雜」，以及布袋戲當中的動物角色「獸」等等獨樹一幟的分類。

但因爲這些細說起來稍嫌複雜，葉雨荷只打算介紹「生旦淨末丑」最初的基本定義。

「兩個人輪流操偶，走台步，另一人在台上介紹生旦淨末丑的特徵，雖然感覺上很老派，但這是現今我們三人唯一有辦法做到的表演了。」葉雨荷一邊補充，不意外地看到身穿格紋襯衫的同期生眼神一閃精光。

「那我當講解的主持人。」石益宏自告奮勇，就知道提到跟本科系相關的他就會有興趣。

「倒不如說你不上我反而困擾，口傳仔。」

唯世大學傳播學院十分有名，也是在台灣大學裡將大眾傳媒這一領域分得最細的學院，光是傳播學院就分有廣播電視電影學系、新聞學系、口語傳播學系、圖文傳播暨出版學系、資訊傳播學系、數位多媒體學系等等科系，石益宏跟葉雨荷同爲大二生，就讀的便是口語傳播學系，她常常以口傳仔這綽號稱呼益宏。

「別這樣叫我，中文仔。」益宏皺眉，葉雨荷就讀的是語文學系的中文系，「但是還有一個問題，淨跟末怎麼辦，大尊偶裡可沒有這兩種類型的戲偶。」

「用小偶不就得了？」

「這樣會不會很怪……一下大偶一下小偶……」芊雯小聲地提出疑慮。

然而雨荷樂天的回覆一掃這個憂慮：「這樣也可以顯示我們社裡除了大偶也有小偶啊！不是剛好嗎？」少女激動地握住芊雯的手，「而且社長！我跟你輪流舉偶，這樣你也不用擔心妳會舉很久了！」

「而且我這次可是準備了來賓坐陣喔！」雨荷自信心滿滿的笑著，還沒等兩人提出疑問之前就先秀出手機畫面，螢幕顯示的是一封簡訊，語氣興奮的大聲宣布：「我買的偶今天要寄過來了！」

這句話引起一陣靜默後，花芊雯與石益宏像是被電到一般，同時做出了截然不同的反應，前者面露喜色的站起身抱住學妹，後者不敢置信的搶過雨荷的手機確認一番。

「太好了！小荷恭喜妳！妳買的偶是哪位角色？」換芊雯握著雨荷的雙手，她一直知道這位學妹一直以來的心願，就是收藏一尊喜歡的大型電視版戲偶。

「謝謝妳，聽了可不要嚇一跳啊，是風雷布袋戲裡的蒼鴞絕藏喔！」

「我沒看風雷布袋戲的劇集……所以妳說的來賓就是他嗎？」

「對，我想把它擺在攤位上吸引人潮，」雨荷撫胸鬆了一口氣：「還好他送過來的時間是今天，來得及趕上社博。」

「真的是太棒了！妳今天回家記得拍照給我們看喔，我想看看他長甚麼樣子！」芊雯真心替雨荷感到開心，但當她把目光轉向學弟時，困惑的問馬尾少女：「不過、益宏怎麼了嗎？爲什麼趴在那裡？」

雨荷看著跪在地上一臉懊悔的石益宏，唇角勾起戲謔的弧度：「他啊……賭輸而已啦。」這話講得比方才還大聲，似乎有意說給正跪著的某人聽：「我們兩個很早以前就賭說，看誰先擁有一尊戲偶，這下社團裡只剩下他沒戲偶了。」

「可惡，我竟然……輸給中文仔……」益宏不甘心的甚至開始雙手搥打無辜的地板。

少女見他這副頹喪的模樣心情大好：「也不枉我打工存錢存這麼久，我本來就很想買這尊偶，但是看到口傳仔輸的樣子就是爽！」最後一字是用台語說出口的，葉雨荷有個習慣，會在情緒激動的時候用台語說話。

「那賭輸的要做甚麼？」芊雯覺得身爲社長有必要詢問賭資的內容，以免學弟妹學壞。

「我輸被叫中文仔一年整，他輸則被叫口傳仔。」

事實證明，她不用擔心了，幸好是這種無傷大雅的小賭局。

於是花芊雯拍拍石益宏的背，安慰他說她還是會直呼他的名字不會喚他口傳仔，雖然後者並沒有因此感到些許的安慰。

「好！那麼我們這次社博的表演就決定照小荷的提案，我會通知社博的總召，然後益宏……」芊雯有些納悶還在沮喪的益宏是否有聽到她說的話：「……要記得寫一下生旦淨末丑上台用的講稿喔。」

「……我知道。」

葉雨荷忽地拎起包包，一邊確認手機時間一邊背起背帶：「那我今天先回去了，送貨的人應該快到我家了，社長，晚點可以告知我上台操偶的順序，那就先再見了。」離開前還不忘調侃石益宏，「還有口傳仔，開學見喔！」說完便飛也似的離開社辦。

等到完全聽不到馬尾少女的腳步聲時，少年才忍不住嘖嘴一聲：「她還眞投入！這次的社博！」

「我倒是很慶幸小荷這麼熱衷，」芊雯目送著雨荷離開的方向，少女剛入社就十分的熱情，也熱衷學習關於社團、關於更多布袋戲的知識，「我說話小聲，又怕生，這種招生的場合實在很怕派不上用場，有你們兩位在，我就比較放心了，要對我們的社團更有信心。」

「難得看到學姊妳這麼有幹勁。」益宏百無聊賴單手撐著下顎，雖然看起來一副置身事外的懶人樣，但芊雯知道他是相當有責任心的學弟，吩咐過的任務絕對會盡責做到底。

「不有幹勁不行啊，畢竟，如果這次沒招到新生，布研社今年就只能廢社了。」

身爲布研社文書的石益宏啜飲了一口不再冰涼、甚至稍嫌苦澀的早餐店紅茶，也把社長的這番話吞下肚內，細細咀嚼。

※※※

唯世大學布袋戲研習社曾經十分活躍，這個「曾經」建立在約莫十年前的校園，雖也不到一、兩百人的大社，但也有一定的規模，這幾年明明台灣的布袋戲愈往多元化路線發展，但這個社團卻像與業界成反比一般，人數年年下降，至於爲什麼會這樣？按照益宏的猜測可能是有接觸過的同學剛好都沒有就讀本校，招生愈發困難。在葉雨荷與石益宏大一加入這個社團時，大學三年級的學生更是連半個人都沒有，一年後，大四的學長姐畢業，餘下的社員便只剩下大二便接任社長的花芊雯、文書的石益宏還有擔任總務的葉雨荷。

早在兩年前，花芊雯那一屆只進來她一位新生時，布研社便被課外組美言勸告實則警告的通知，因人數過於稀少，外加上沒有甚麼能夠帶來學校益處的校外比賽，除非社團評鑑的分數夠亮眼，否則只得走上廢社一途，那一屆的學長姐拚命咬牙苦撐，但到了今年還是收到了相同的建議與廢社通知。

葉雨荷坐在因路面不平而顛簸的公車，平常這條路段她是絕對避免看手機，以免暈車，但今天她卻不時解鎖手機確認訊息，深怕錯過送貨人的電話，又一個坑洞使得公車上下大幅晃動，正好轉頭想靠向窗戶的她不小心直接撞到玻璃，彷彿現實也給了她一記頭槌。

雖然葉雨荷說的信誓旦旦，鼓勵花芊雯學姊跟石益宏，但實則全無把握，萬一這表演在旁人看來太過老氣該怎麼辦？萬一忙了一場空、最後還是沒人入社該怎麼辦？她眞心熱愛這個社團、或者說眞心喜歡布袋戲，無論如何決不會讓唯世布研社被廢社。

她跟布袋戲的因緣，該歸功於她父親，本身就是戲迷的父親，在她小時候父親最喜歡陪著獨生女看的就是台灣布袋戲的老字號招牌——霹靂布袋戲，葉雨荷剛出生時霹靂布袋戲正値錄影帶時期轉型成數位影音光碟的時期，他父親認爲，給女兒從小看布袋戲剛好也可以訓練台語能力。她還記得父親常常會在固定的時間去影片租借店，或是跟朋友借一整套的劇集帶回來看，大部分的時候葉雨荷都會坐在父親身旁默默的一起看，年紀小時只看得懂戲偶視覺上的打鬥特效，故事懵懵懂懂，等到她大一點後才比較理解故事當中所蘊含的恩怨情仇。小學時就已經對角色如數家珍，於是這一看便過了十二個年頭，當然在她從國中升高中的那段應試時期有停看過一陣子，但前後算下來也有十年的戲齡。

高中是她布袋戲的文藝復興時期，此時電視布袋戲的攝影技術與結合的電腦特效已大幅進步不少，除了霹靂以外，檯面上也多了金光、風雷等各家不同特色的電視布袋戲，葉雨荷彌補考試期間沒補到的進度，像是海綿吸水一般觀看欣賞各家的布袋戲，然而她最喜歡的是今年成立剛滿十五年的風雷布袋戲。如果說霹靂布袋戲的特色在於華麗與美型的戲偶，金光布袋戲的強項在於拳打腳踢扎實的武戲，那風雷布袋戲最大的特點在於會有固定比例的幕次取自於外景戲。所謂外景戲就是取景於實際拍攝地點，有時取景於竹林、涼亭、湖邊等適合的場地，大部分的外場戲都以文戲居多，出一趟外景相當勞師動眾，也耗費成本，需要搬動攝影器材以及戲偶，然而風雷布袋戲還是維持著這樣的特色，由於取景不設限，常有戲迷戲稱今天出門踏青看到風雷在拍外景。

葉雨荷也是其忠實粉絲，她最愛的角色，是近兩檔主打的主要角色之一的蒼鴞絕藏。

「啊！糟糕！」終於注意到公車快到站的葉雨荷，匆匆忙忙從最後排的座位跑到刷票口，「對不起我要下車！」司機鄙了她一眼後，幫她開了車門，傍晚西照斜陽照得她刺眼，雨荷下車後往家的反方向走到一間便利商店。

甫進門，超商店員看見笑容盈盈的她便自動自發地從後方櫃子挑出一張包裝好的光碟片，上頭標示的風雷布袋戲新劇集的最新一集，葉雨荷也不問價錢，兩人默契十足的一手交錢一手交貨，甚至無須進行對話的環節。

目前當然也有業者將劇集以付費的方式上架到影音平台，但習慣買新片的葉雨荷還是會在每個禮拜到這家超商報到，店員也早已習以爲常，葉雨荷看著光碟封面印上的人物，是她最喜歡也是今天預計會送來的蒼鴞絕藏，心裡卻有說不出來的苦澀與無奈。

「在角色退場的當天接到他的官方偶，想想也眞諷刺。」

葉雨荷搖一搖頭，想把這不吉利的念頭甩出腦海，都還沒看劇、也太快下結論了，就算上一集蒼鴞絕藏滿滿是即將退場的跡象，但說不定編劇會好心留他一條生路啊！然而少女自己也明白這只是自我安慰，以她多年觀看布袋戲的經驗，通常如果角色要收了，那基本上都收的相當乾脆徹底。

迅速買好光碟回到家的葉雨荷趁著送貨人還沒來之前，先將房間裡的筆電打開，放入光碟，今晚父母會比較晚回到家，她可以好好在家享受。

伴隨著一聲電鈴，葉雨荷興沖沖的衝到家門口，沒多久後她抱著過了她一半身高的紙箱進到她房間，她現在的心情簡直媲美即將見到剛出世孩子的第一面。

葉雨荷戰戰兢兢地掀開紙箱，爲了避免戲偶撞傷，揉成一團的報紙大量鋪滿了整個紙箱，連縫隙也不放過，隱藏在報紙堆裡的是偶頭被氣泡紙包覆相當仔細的蒼鴞絕藏。

她先架設好連同木偶附贈的偶用姿勢架，接著兩指揑住偶頭的脖子與衣物的連接處，施力單手提起木偶後，另一手則從下往上伸進偶的衣物內襯，手掌摸索偶頭的開口處，常常照顧社團戲偶的雨荷不費吹灰之力便輕鬆將食指穿進偶頭：「有了。」接著她小心翼翼地重複方才的動作，將偶頭對準姿勢架最長的一根支架慢慢套下，將戲偶以直立式姿勢架好後，她才動手拆起包覆整顆偶頭的泡棉紙，一陣樟木香撲鼻而來，那是偶頭最常使用的木材，葉雨荷看見一雙金色瞳孔盯著她，那是屬於蒼鴞絕藏的雙眸。

而今，這些都屬於她。

少女開心的嘴角上揚，只差沒有手舞足蹈的驚呼道：「天啊！好棒！這神韻做得好像本尊偶，我一定要傳給學姊她們看！」舉起手機拚命以不同角度猛照，明明才剛架好姿勢，但葉雨荷興高采烈的再次舉起了偶，試著模仿腦海裡的劇中印象，右手高舉轉了一圈，蒼鴞絕藏的黑棕斗篷飛舞，轉了幾圈她將右手的高度放至胸前，能使操偶者與戲偶面對面的最佳姿勢，另一手環抱住偶，就像是在抱小孩一樣，她望著金瞳，對著偶、同時也是自言自語的說道：「今後，請多多指教囉，絕藏。」

從今天起，她也是名偶主，這對許多布袋戲戲迷來說意義非凡。

「對了！今天出的新劇還沒看。」這麼說的雨荷將手中重達三公斤的偶套回姿勢架後，放在為了今天而特別買的小矮桌上，操作筆電便開始撥放風雷布袋戲新劇《幻魔荒道》第三十集，同時也是本檔最後一集，在快要聽膩的主題曲播完即將進入正劇之時，葉雨荷深吸了一口氣才按下播放鍵。

（伴隨螢幕底部浮現的字幕，是氣勢磅礴的背景音樂與旁白的口白。）

黃沙飛揚，幻漠之上，熟悉的故土、熟悉的師尊，最信任的人，卻是今生最痛恨之人！

畫面短暫特寫一名戴著高帽、身披黑袍的中年男性，他冷眼看著殺紅了眼、欲突破人海戰術的蒼鴉絕藏，手上鷹蒼刀砍過一顆又一顆的頭顱。這名中年男性是上陵刀老，是栽培蒼鴉絕藏成為殺手的恩師，卻發現是害得蒼鴉絕藏家破人亡的陰謀家。

「吾徒，中了劇毒，尚能殺盡吾百名下屬，為師欣慰。」

伴隨這一句，蒼鴉絕藏嘴角溢出黑血，他用袖子抹去。

上陵刀老手一揚，黑衣殺手蜂擁而上，只見蒼鴉絕藏高喊一聲：「黃泉、一夢！」

蒼鴉絕藏身形忽動，疾步閃過敵方的刀刃或劍尖，轉眼間幾名組織部下頸間一劃，卻不見血的痛苦倒地，隨後從切口流淌的竟是烈火，火舌竄燒，轉眼間已成焦屍，這是幻族殺手練就的特有招式，中招者以不同的夢魘迎來死亡。

（同時旁白又說了一句代表此時蒼鴉絕藏的心情。）

黃泉一夢，一夢黃泉，修羅之火，是彼一日的傷痛，蒼鴉絕藏傷在身，更痛在心。

「咳！」蒼鴞絕藏頭一撇，吐了一口污血，他的臉色蒼白，嘴唇發黑，刀一立，勉強站穩身子，但憤怒的金眼，依舊緊盯著曾經的師尊：「為何是你……為何是你滅了村落……為何是你騙我？！」

上陵刀老化出了武器，冷眼相待：「若非風凝泉，你仍是吾之得意殺手，絕藏吾徒，吾再問你一次，你真要因你之好友、慘案餘孽，反叛組織、背叛為師？」

接著畫面閃過了幾個黑白畫面，是蒼鴞絕藏與上陵刀老相處過的回憶，過去的美好，更顯今日對立的諷刺。然而他想起他的摯友，說是調查有了重要線索，卻不幸被陷害抓走，反被當成人質脅迫絕藏，為救好友完成師尊的要求，然而最終他得到的，卻是染血的羽扇以及被一掌擊斃的風凝泉。

再度舉起的鷹蒼刀，刀尖直指的已不再最敬愛的師尊，而是此後勢不兩立的——

「為風凝泉、償命來！」

——仇人！

鷹蒼刀氣勁橫掃，殺出一條血路，蒼鴞絕藏縱身一躍，極招上手。

「橫上陵風刀迴影！」

這步刀招非出自於幻族，而是師尊傳授於絕藏的刀路。

上陵刀老也揮舞他的武器刀，使出的招式竟也是：「橫上陵風刀迴影！」同樣的招式，不同的殺意，宏大氣勁震動方圓百里，雙影交錯，極招過後，兩條人影背對佇立，只聞一聲輕嘆。

「吾徒，你真令為師失望。」

蒼鴞絕藏應聲向前倒落地，即便鷹蒼刀仍奮力支撐主人的身體，但胸前的傷口鮮血噴濺，他吐出的早已分不清是鮮血或是毒液，他顫抖的雙腿想起身卻力不從心，只能看著可恨之人捉著染上他鮮血的致命之刀舉在背上。

「刀迴影後勁火候不足，只怪咱根基之差。」上陵刀老語氣可惜，「感謝為師留你全屍，下黃泉與風凝泉作伴！」

一聲哀號，刀身硬生生刺入蒼鴞絕藏殘破的軀體。

葉雨荷不自覺自己已經雙手摀眼，但她還是從指縫間觀看螢幕。

（背景音樂已從熱血的武戲曲改為哀痛的吹簫曲，象徵將死之人最終的不甘。）

旁白如是說：孤寂的荒野，再無幻族最後一人，一心渴望復仇的殺手，最終，卻只換得徒勞，他不知道，什麼是真、什麼是怨，只餘殘敗的軀體，垂落塵埃。

「凝泉……對不……」

對摯友尚未說完一句話，消散風中，徒留無限遺憾。

到此，應該就是「蒼鴞絕藏」這名角色的一生了。

葉雨荷按了暫停鍵，右手兩指揉捏發澀的雙眼，不著痕跡的抹去眼尾的淚珠並深深地嘆了一口氣。

結果到最後，奇蹟還是沒有發生，葉雨荷覺得自己實在過分入戲，常常看著看著眼淚就掉了下來，以前的她還會跟著哀號，好幾年下來，雖然反應已不會如此激烈，但她還是很難接受看到喜歡的角色死去的橋段，但如果平心而論，這場戲算是編排得還不錯了，以一名角色的退場來說。播放器顯示時間已過了十五分鐘，武戲誠意滿滿。

「好吧至少，絕藏今天來到我家了……」收到偶的喜悅與角色死亡的難過之情，矛盾的填塞心窩，她操縱滑鼠按下，準備繼續補完新劇。

「……嗯？」雨荷發出少根筋的聲音，只因螢幕沒有按照她所期望的繼續播放畫面，停格在蒼鴞絕藏倒下的身影，這畫面看著她心疼，然而筆電卻不受控制，連工作管理員的視窗都叫不出來：「搞什麼？當機嗎？」

「吾不、甘心……」

此時一道熟悉的聲音突兀地從與筆電連接的藍芽喇叭傳出，無庸置疑是蒼鴞絕藏的低沉聲音，葉雨荷直覺是影音不同步，因爲光碟的時間與畫面並沒有繼續向前，而且這句話充滿了雜訊，聲音參差不齊且破碎。

「吾不甘心……」

同樣的台詞忽遠忽近，葉雨荷不停敲打鍵盤，異常的狀況令她不安，正當她起身想要將筆電強制關機時，眼尾掃過她新買的那尊偶，它的眼睛卻是緊閉著。

布袋戲偶一般靜止置放時，雙眼是睜開的，唯有拉扯偶頭裡連接的那條線能使偶闔眼，驚覺到這點，葉雨荷猛然站起身，不小心扳倒了椅子，她來來回回看著那尊偶與筆電螢幕，冷意從腳底竄升至腦門。

「不甘願……」

木偶的嘴板配合著這句台詞上下開闔，彷彿這話是由它所發聲，雖然音源依舊是從藍芽喇叭發出聲音，然而卻比之前兩句清晰許多。

狀況太過離奇，她甚至不敢上前靠近檢查木偶是否有機關上的損毀，螢幕一陣閃爍，葉雨荷僵硬的轉頭，畫面裡，鏡頭不知爲何開始聚焦於蒼鴞絕藏的特寫，他倒地不起，她看不清他的臉。

藍芽喇叭已無雜訊，只餘風聲颯颯作響，葉雨荷屏息，全身的感官似乎放到最大。

「……吾不甘願啊啊！！」

畫面當中的蒼鴞絕藏一聲咆嘯，木偶絕藏金瞳猛然睜眼，伴隨這聲怒吼，筆電的螢幕散發出讓雨荷不得不閉眼的刺眼光芒，少女放聲驚叫。

※※※

以前花芊雯曾打趣般地詢問兩位學弟妹一題心理測驗，如果發生地震時，在家裡的你會先拿哪樣物品逃生？

一般這種心理問題設計出來的答案不外乎錢包、手機等貴重物品，怎知葉雨荷當時不按牌理的回答：戲偶，這件事還被石益宏調侃許久，但那時她會這樣回答是她已經有十足的把握會迎接蒼鴞絕藏這尊偶。

而今，她絕對不會讓她的偶發生任何意思差錯或損毀。

等到雨荷雙眼能夠適應強光後，她怯生生睜眼，眼前原本擺飾好的木偶卻憑空消失，雨荷感到驚恐：「怎麼會！不會掉下來了吧？」

掉下來如果撞到偶頭或者是髮上的頭飾可是相當嚴重的損毀，視線往下一移卻發現有一名男子趴躺在她房間的地板上。

銀灰色長髮只用髮帶隨意紮起的低髮尾，隱隱約約從那髮絲裡裸露象徵非人類血統的尖耳，棕紅色基底爲主的長袍，臂膀處還有羽毛裝飾著，完全陷入昏迷狀態的他左手還緊緊握著刀柄。這姿勢就跟她剛剛看的劇情一模一樣，差別在於，他的身形不是木偶的造型，而是一般男人的身體。

「不、不會吧……」

喜歡虛構的角色久了，她不是沒有做過本尊出現在她面前的美好幻想，通常還會夾帶些少女懷春的美好情境，但是當非日常打破日常的世界，首先感受到的只有不可置信與不安，她用力捏了一把自己的臉頰，痛處提醒著她的大腦：不對，這個是現實無誤。

葉雨荷彎下身，她把趴躺著的男子翻過身來，從這份重量她便再次確認到了，這絕不是一尊偶會有的重量與厚度。雨荷以不碰到臉的前提下輕輕撥開他的瀏海，她總是在劇集裡隔著螢幕追尋著這張熟稔的面容，如今，近距離的嶄露在她面前。她把手靠近男子的口鼻之間，感受到對方呼出的微熱呼吸。

是活物，不對，應該說是活人。

葉雨荷顫抖說出的人名——她甚至不明白顫抖的原因是興奮亦是恐懼——就是理應死在

虛構的戰場、虛幻的故事當中的殺手角色。

「蒼鴞、絕藏……」

布袋戲戲劇裡的角色，成眞了。

第二章

靛藍側背包被隨意地丟在室友的床上，石益宏則倒下自己的床，沒經過同意便亂丟東西至別人的床上，平常一定會被室友怒罵，但目前留在這間租屋處的只有他一個人，大一剛進唯世大學時他也像其他外縣市同學一樣住學校宿舍，到了大二後他便找了三兩好友一起在學校附近租房子住，不過室友們倒不像他暑假前一個禮拜就回來，要不是為了社團，他也懶得這麼做。

從口袋撈出手機，即便知道是不良姿勢對身體不好，但石益宏還是無聊地躺在床上滑動手機，社團群組裡，葉雨荷尚未上傳新偶的照片，看她今天那麼興奮，上傳之前還想做一些修圖處理也說不定。思至此，石益宏突然想起今天也是風雷布袋戲新片發售日，現在這個時間點，應該已經有人在網路討論平台上發表觀劇心得，食指熟練的在光滑平面上輕點便在螢幕上找到相關頁面。

像石益宏這樣先看文字劇情再看劇集片的戲迷不少，主要是因為他幾乎每家的布袋戲都有所涉獵，人物關係與最新劇情也知道泰半，但點進討論平台後他卻找到幾個令人在意的標題：「《幻魔荒道》第三十集光碟片無法播映」、「風雷第三十集看不了怎麼辦？」等等言論已經開始在網路上發酵蔓延，甚至也有人開始責怪風雷布袋戲官方為何還不提出公告等等之類的謾罵。

他瞄了瞄戴慣的智慧型手錶，明明現在也才晚上六點半左右，發片到現在不過一個半小時而已就有人這般心急？不過如果真的出錯的話那官方最好還是在粉專發表聲明會比較好。

一聲社群軟體的提示音，顯示是來自於葉雨荷，終於發照片過來了嗎？

然而當益宏點進本屆社團群組聊天室後卻只看見葉雨荷吞吞吐吐的兩字訊息。

葉雨荷：那個……

有件事得跟你們報告一下……

很嚴肅的那種

不要被嚇到

石益宏：怎？

別跟我說你不會用姿勢架

葉雨荷：當然會用啦！

跟絕藏有關的事啦！

花芊雯：沒收到偶嗎？

葉雨荷：有啦有收到啦

重點是

下一句葉雨荷似乎斟酌了很久，他跟社長此時都頗有默契的等待，等到終於出現後文時，聊天室上的時間已經過了五分鐘，石益宏自認中文程度不會太差，也知道葉雨荷就讀中文系，但平平都是中文字組成的句子，爲何他無法理解這句話的意思爲何？

葉雨荷：蒼鴉絕藏本人跑到我家裡來了！現在在我床上睡覺

怎麼辦？

「啥？」石益宏挺起上半身坐在床沿，果不其然連社長花芊雯都傳了一張問號的貼圖，可見不是只有他聽不懂對方的意思。在戲劇裡使用的本尊偶是極其珍貴的非賣品，那等於是布袋戲公司生財工具，不可能賣。賣給戲迷或消費者的公司偶都是刻偶師傅與造型師手工製作，一般來說就算神韻刻得跟角色很像，每尊偶都是獨一無二的，不可能會一模一樣。難道葉雨荷已經興奮到把公司偶認成本尊偶了嗎？想起每次在社團看劇時情緒都陷入迷妹狀態的葉雨荷……嗯，不無可能。

石益宏：首先先把偶裝好姿勢架，然後立起來，它就不會佔到你的床了

葉雨荷：不是不是不是！

我就知道你們會有這種反應

不是戲偶

是蒼鴞絕藏忽然變成「眞人」出現在我房間裡！

花芊雯：怎麼可能？妳在說什麼？

石益宏：沒圖沒眞相

傳一下圖說不定我會稱讚妳的 Cosplay 技術進步不少

益宏剛傳完訊息，聊天室就顯示了群組通話的邀請，點進去後發現是視訊通話，畫面裡的葉雨荷剛戴上耳機，並且輕聲細語，剛開口便帶有點不被信任的委屈軟聲：「這樣你們就會信了吧？」

說時遲那時快，甚至也不等社長到齊或是給益宏心理準備的時間，雨荷便將手機的視角切換成後鏡頭，畫面出現的是單人床，葉雨荷的床毫無特色，更沒有男人夢想的少女閨房，但益宏沒心思針對這一點吐槽葉雨荷，他引以爲傲的快速答辯在此時聲音卻梗在喉中，他甚

至沒聽到葉雨荷詢問是否看得清楚的問題。

少女的床似乎無法完全容納鏡頭裡的男人，垂在床外還緊緊握著刀的名字了，但他知道是因爲腦袋光是要說服自己男人的身分就已經非常消耗腦細胞了，胸前兩搓輝銀髮絲隨意編紮，代表鷹翼的墊肩以及沙漠元素的服飾，還有微彎尖耳，錯不了，再如何不敢置信，男子眞的是風雷布袋戲裡的蒼鴞絕藏，但習慣性吐槽的石益宏還是喃喃的說了一句：「這是在開玩笑吧？」

此時雨荷出現在鏡頭面前，一臉激動但不忘降低音量的說：「我都開視訊了你還不相信！」

突然一聲驚叫，石益宏把手機遠離臉一臂長的距離，葉雨荷是猛然一手扯掉耳機線，花芊雯上線了，也一定看到了，爲免吵醒仍在昏睡的絕藏，雨荷離開房間並確保關上房門後，對著手機的喇叭大罵：「拜託！社長，我戴著耳機！你這一叫我差點耳鳴！」

「啊、抱歉小荷，但但但那那那是怎麼一回事？他是誰？」花芊雯語無倫次的打結，葉雨荷這時才想起來社長對風雷布袋戲不熟，會尖叫應該比較像是發現有陌生人出現在學妹房間而感到驚悚。

「他是蒼鴞絕藏，記得我今天說過的偶嗎？就是他。」

雨荷決定再離她的房間遠一點，因爲她的手機像爆炸的熱鍋一般，咆嘯出兩人一連串的驚呼以及問題。

「爲什麼？怎麼可能？只有他一個人……一名角色嗎？」

「等一下，那你今天買的偶呢？他是怎麼出現的？太不科學了！」

「拍照啊！小荷拍照啊！然後記得傳群組。」

終於輪到葉雨荷說話：「停！慢慢來！我知道你們很激動，但先讓我慢慢解釋！」

聽完葉雨荷的說明後，不愧是口傳系的石益宏，反應快，也樂於擔任負責結論的人：「……所以是，你看劇看到一半，電腦突然當機，然後蒼鴞絕藏就從電腦蹦出來、然後你買的木偶也不見了？」

「對。」

「這太離奇了，所以小荷你覺得是……呃……」花芊雯停頓了一陣子才想好比較符合現狀的說詞，「劇裡的角色附身到現實中的戲偶，才變成現在這個樣子的嗎？」

「我想，這應該是現階段比較合理的解釋了。」葉雨荷把門開了一條小小的縫，從縫隙確認了裡頭之人依舊陷入深沉睡眠後再度關上門，「只是我還想要問你們、就是接下來你們覺得我該怎麼做？」這話語裡有滿滿的無奈與無措。

又是一陣靜默，葉雨荷覺得他們今天似乎都再思考如何解決問題，只是取決於問題的麻煩程度，花芊雯隔著螢幕問了一個毫不相干的問題：「小荷，你們家裡有茶葉嗎？」

「茶葉？有啊，紅茶、綠茶、高山茶都有。」雖是困惑於社長的提問，葉雨荷依舊照實回答。

「有碧螺春嗎？」

「碧螺春……啊、有，找到了。」葉雨荷翻找廚房的上層櫃，從裡頭摸索出未開封的碧螺春茶罐，葉家甚麼不多，茶葉最多，「不過爲什麼突然會問我們家有沒有茶？」

「突然來到陌生的地方，還跟原本的世界天差地遠，這時候如果有個熟悉的東西會稍微覺得安心吧，因爲有共通點。」

「原來如此！眞不愧是社長。」這確實是很符合花芊雯溫柔體貼的想法，葉雨荷聽從她的建議後著手開始泡茶，手機則開擴音繼續討論，「我在想，如果你們今天晚上方便的話，可不可以來我家一趟？」

「可以的話我也是很想親眼目睹，不過這樣會不會麻煩到你的家人？」石益宏話鋒一轉，「說到這個，你父母不在家嗎？你又打算怎麼跟他們說？」

「不如說……我就是想跟你們討論後續才希望你們來……」平時活潑氣勢高漲的葉雨荷

此時很無助，當然了，面對角色穿越這種小說或漫畫才會出現的事件，感到不知所措的人應該不少，「而且我爸媽今天會很晚回家，大概九點或十點。」

「好，沒問題，反正晚上沒事。」花芊雯興致勃勃的說，不知爲何，葉雨荷一瞬間覺得讓太多人知道似乎不是個好選擇，然而若立場對調，想必她也會跟社長一樣感到興奮不已吧。

有了初步共識後，葉雨荷把家裡的住址傳到聊天室，石益宏卻在群組通話結束完後私訊了她。

他寫著：如果妳有繩子的話準備一下

畢竟我們不知道他情緒如果激動起來會不會把我們的脖子都抹上一刀

以防萬一

※※※

他身處一片黑暗，無邊無際的半空，沒有來這之前的回憶，彷彿他打一開始就身在此處。

伸手不見五指，但他知道自身並非虛無飄渺，時間在這裡毫無意義，似延長也似拖慢。

「終於見到你了。」

誰？想發問，但一開口黑暗彷彿有意識般竄入他嘴裡，似是將他吞沒。

黑暗中的聲音是他從未接觸的語言，然而在這異樣的空間裡，不知爲何他的確能意會並理解那道聲音的意思。

他默不作聲，一股熟悉的暖意油然而生。

「時間無多，所以我只講一擺。」

既然如此，廢話少說。他下意識想回，記憶裡，他好像常常如此回應那麼過於多話的友人。

「拖累到你我亦深感虧欠，但我希望在意識消散進前，閣見他最後一面。」

那道聲音自顧自地說個不停，但對於想見某人最後一面的這份心意，他竟能感同身受。

悲憤、不甘、哀痛，無論是留下來的人或是逝去的人都是同樣的心情。

你說的人，「是誰？」他無比艱難的吐出了兩個字。

那道聲音停頓了一下後，似笑非笑的說：「這嘛、你們誠緊就會見面了。」

他忽感一股重量平均分散在他的四肢與軀體，就像是無形的大掌巴在他全身，力道不重，但被壓制住的感覺並不好受。

「時間到，你要清醒了。」

空間迸裂，方才所感的重量又壓進他的五臟六腑，身軀彷彿又再度形成實體，此時他才有身體回到他身上的感覺。

「你只需知曉，此人名喚——」

※※※

他緩緩睜眼，亮如白晝但卻無太陽照射的熱度，從未接觸過如此強烈的光線使得他雙眼生疼，他用手遮住自己的眼睛，待完全適應後，發現自己身在全然陌生的房內。

而且此地、詭異至極。

不屬木材或石磚的平滑白牆，因其殺手身分，他看過也闖入過多種的建築物，但白的透亮的燈光與牆面卻從未見聞，房內的擺飾更不用說，散發奇異光芒的四角盒子，那恐怕不是用火焰點燃的照明，開口上下開闔不停送風的方形物體置於高處，房內唯一在動的就是那高處物體，是否他一起身便會出招警告？這房間的主人是敵是友？

思索之際，他聽見開門聲，覆於背後的右手隱隱握緊了鷹蒼刀，進門後卻見一名奇裝異服的少女在看見他後喜形於色，毫不怕生的直接在床沿問他：「太好了！你終於醒了！我還很擔心萬一你沒醒的話怎麼辦。」

像蒼鴞絕藏這樣的殺手，如果一開始便以磊落大方態度起頭，應該能多少表示善意，至少先讓對方知道自己無敵對之意，葉雨荷遵照石益宏的意見試圖心平氣和的與之對話，其實內心早已七上八下，深怕在本命角色面前留下不好的第一印象。

然而精明幹練的俊顏卻眉頭深鎖，這令雨荷笑臉微微僵硬，糟糕，難道她說了什麼奇怪的話嗎？

「對不住，吾聽無姑娘所說。」

結果蒼鴞絕藏一開口，雨荷就知道並非她所想的那般。什麼啊，原來只是聽不懂她剛剛說的話啊，原來如此原來如此……

……

……

完蛋了啊！他說的是台語啊啊！慘了他聽不懂中文吶啊啊啊！！！

不過仔細想想也是，因爲是布袋戲、劇裡全程都是台語口白配音，所以不懂中文也是情有可原、十分合理。

但是為什麼天公伯此時此刻、非得要考驗她的台語能力不可！她雖然愛看布袋戲，但並不代表台語會話能力就好得嚇嚇叫，她台語聽是聽得懂，但她不覺得自己說的能力有辦法像老一輩或是台語新聞的主持人那麼的流利，如果熱愛研究口白的石益宏在場就好了，口傳仔怎麼還不過來！葉雨荷內心萬馬奔騰。

「姑娘？」蒼鴞絕藏一臉納悶地看著莫名冒冷汗的少女，低沉的嗓音在現在的葉雨荷聽來卻如臨大敵。

不管了，死馬當活馬醫，葉雨荷努力將腦中的語言模式切換成台語，思考印象中角色們的對話：「彼个……你這馬感覺啥款？敢有著傷？」

她聽見自己的聲音不穩地顫抖，比起布袋戲的口白，更像是八點檔裡的台詞，葉雨荷緊張於對方的反應，然而很幸運地得到了他一聲——

「無礙。」

好的開始是成功的一半，溝通成功，雖然她的腔調抓得很不準，台語明明有八音聲調，在她嘴裡只能發出四聲調。

「請問姑娘，」他環視房間一圈後，又繼續問：「此地是何處？妳又是誰？」

葉雨荷發現蒼鴞絕藏說話偏慢，應該原劇裡口白為了給操偶師動作的時間所作的特殊語調，不過也多虧這一點使她更能聽清楚他在說什麼：「猶未自我介紹，我叫……葉雨荷，你可以叫我小荷。」她停頓了很久思索自己名字的台語唸法，有夠難唸，「你頭一个問題較難回答，先知道遮是阮厝就好啊。」

他又再度眉頭深鎖，金瞳微瞇，不滿這種含糊的答案，在雨荷說話時他便細細打量，這位姑娘沒半點武功根基，當他不動聲色地散發殺氣時也全然無感，應非江湖人士而是普通人家，雖然覺得不太可能但他姑且還是禮貌性的詢問：「是姑娘……救了重傷的我？」

「嗯？你爲啥物會按呢想？」

「吾最後的記憶，是與仇人一決落敗，生命垂危，清醒了後便在此地，傷勢痊癒。」手輕撫胸，曾經被上陵刀老刺穿的胸膛已無傷口，如果此女不是醫者，那他是怎麼活下來的？

蒼鴞絕藏說完後，看見雨荷一臉深思，她拉了椅子坐在床邊，挺胸並且更加嚴肅的對他說：「我知影你有眞濟問題想欲問，因爲我也同款。」她舉起一根指頭，「第一，遮不是你原本的世界，蒼鴞絕藏。」

「你爲何知曉吾之名字？」蒼鴞絕藏內心警鈴大作，只因眼前人似乎不像方才那般單純。

雨荷深吸一口氣，沒事的，目前還在意料之內，努力露出有自信的笑容：「我比你所想的更加了解你，這我等一下會解釋，你需要這個世界的情報，但在我開始講進前，我需要你的保證。」

「啥物保證？」

「袂殺我的保證。」葉雨荷直直望向仍在警戒著的金瞳，她兩手一攤，想傳達自己手無寸鐵之意，「相信你嘛看出出(khuànn-tshut-tshut)，我是袂曉武功的平凡人，對你更無敵意，所以拜託你先共刀放落來。」鷹蒼刀從她進來這間房間以後就沒看見，想必在與她對話時便悄悄地被主人握在背後，目前為止還沒閃現刀身亮光說不定就該慶幸。

蒼鴞絕藏面無表情死死的瞪著葉雨荷，她感到背脊微微發涼，明明冷氣沒有調低溫度。電視布袋戲為了營造氣氛除了會運用拍攝手法來試圖傳達角色的喜怒哀樂之外，通常還會搭配上優秀的口白，即便戲偶不可能有表情，還是能讓觀眾產生戲偶有情緒的錯覺；而現在，眼前的蒼鴞絕藏不是戲偶，而是透過眞實的眼眸在細想著她話語裡的可信度。

沉寂降臨兩人之間，後是蒼鴞絕打破了沉默，拿出鷹蒼刀，置於床上——少女視線所及之處也是殺手觸手可及之處——以示退讓一步，刀乃刀者之第二生命，他身處人生地不熟之處，將刀脫手等於將破綻顯露於他人，他並非沒懷疑過少女裝做柔弱之姿，於是把鷹蒼刀示於他人已是他最大的妥協。

雨荷鬆了一口氣，淡淡一笑：「多謝。」

殺手冷哼一聲：「廢話少說，你講『遮不是吾的世界』是何意？」蒼鴞絕藏不耐煩地問道，他很厭惡別人說話曖昧不明，這會讓他回想起與風凝泉最後一面時，摯友沒說完的話，細想至此，他的眼神微闇。

「喔對！」這句雨荷反射性是用中文說的，也沒注意到蒼鴞絕藏眼裡閃過的一絲哀傷，她走到桌前把筆電抱過來面朝絕藏，清一清嗓後說道：「在解釋進前，我想先予你看遮，這個物件叫做影片。」

纖指按下，她一邊聆聽不久前才剛看過的片段，一邊仔細觀察蒼鴞絕藏的反應。

葉雨荷撥放的就是造成事情開端的《幻魔荒道》第三十集，一開頭蒼鴞絕藏與師尊上陵刀老的決一死戰，在發生一連串的意外後筆電竟奇蹟似的完好如初，葉雨荷是絕對的行動派，比起用口語解釋，她更偏好直接演示一番，她當然會擔心絕藏是否無法接受，所以才在說明之前想辦法得到絕不動手的口頭保證。

這種單純的口頭保證聽來很沒效力，但對一根筋的蒼鴞絕藏卻很有約束力。這是她隔著螢幕看了他這麼久，所分析的人格特質。

相同的場景，微妙的視角，原本面無表情甚至有些焦躁的蒼鴞絕藏臉色愈發困惑與凝重，為何眼前神似自己還有師尊的尪仔正演出自身的經歷？顫抖的伸手卻只觸摸到光滑的牆面，金色雙眸微瞇，這薄型四角盒子沒有任何術法的痕跡，無法理解、難以化消，所以這名雨荷姑娘才會說比想像中還要了解他？長久以來他的人生在不知不覺已經被人撤底窺視、摸透，下意識地，他感到反胃，強忍著不抽刀砍了眼前怪異人與物的衝動。

他看到打扮的跟他一模一樣的尪仔，舉刀劃出熟悉的刀路，他立刻認出得意殺招。

「黃泉一夢……」

『黃泉、一夢！』

聲音重疊，令他一瞬呼吸一滯，他的語氣森寒蘊含著怒火：「遮到底是啥物？」

「……還沒煞，繼續看。」讀出尖耳殺手話裡的警告，但現在她無法停下來，她覺得如果給他看完同樣的片段，似乎就會有線索隱隱約約浮現出來，不然沒有辦法突破那層兩個世界之間的朦朧，即便這會令他不快、不悅，那都是必經的風險。

還需要看什麼？最後不就是他技不如人，敗於師尊，就這麼悲慘的死在刀下……

思至此，他突然覺得記憶與印象十分模糊與錯亂，照理說，從背後刺穿胸膛的深刻傷口，應該足以讓他成爲被捲入恩怨情仇後、曝屍在外的無奈江湖人士，然而他爲何一瞬間篤定自己已然身亡？亡者是如何知曉已死的事實？

『凝泉……對不……』

自己的聲音從那詭異盒子傳出，到目前爲止都與他記憶相同，但以第三者的角度來看自身還是相當的不習慣。

直到眼前的蒼鴞絕藏道出了他不曾說過的話語。

「吾不甘心……」

「不甘願……」

伴隨那後一聲淒厲的咆嘯，已看過一輪的葉雨荷低頭看到不再清晰的影像轉換成像素堆疊的凍結畫面，最後一幕依然是停在蒼鴞絕藏的特寫，臉色蒼白的尖耳少年瞪著她說：「這不是我。」

「我是人，是殺手，是幻族，非是尪仔。」

「我知影你一時半刻很難接受，確實，在你的世界，你是人，但在這个世界，只是風雷布袋戲其中一个角色，一个布袋戲尪仔。」

她語尾方落，驀地閃過一道白光，細頸旁抵了一口鷹蒼刀，蒼鴞絕藏抽刀速度極快，她甚至來不及做出反應或發聲驚叫，只得強壓當生物受到生命威脅時，本能的害怕。

「注意你的話。」

眼前看似危險的殺手說，但葉雨荷卻沒來由地感覺到既視感。這句話……好像在哪裡看過……

於是她試探性地說：「你袂動手。」

「如何判斷？就算有約在先，難道不怕吾毀約？」只要稍稍出力，小姑娘就會身首分離，爲何還能如此冷靜？難道這世界的女人都如此大膽？

啊、她想起來了，蒼鴞絕藏第一次跟風凝泉對峙時好像也說過類似的台詞，想起這段劇情令她有自信的露齒一笑：「你袂動手，因爲你對風凝泉說過同款的話。」

葉雨荷注意到緊盯著她的金瞳微微瞪大，隨後鷹蒼刀忽然在他手裡化光消失，她不禁感到好笑：「舞半晡 (bú- puánn-poo)，原來你拄才是在試探我啊？」把武器在陌生人眼皮底下收起，也代表著進一步的信任，這也是在劇裡常見的拍攝片段，通常使用於武戲換文戲轉場手法。

蒼鴞絕藏冷哼一聲：「連吾與好友凝泉的過往攏知曉，還有什麼是你毋知的？」

「若有演出來的我就知。」

「令人不悅。」蒼鴞絕藏雖尚未全盤接受，但葉雨荷卻覺得對方已不像之前那般拒人於千里之外，「你爲何要予我看遮？」

葉雨荷把懷裡的筆電放回原處，接著掏出口袋裡的手機，向他一一展示了不久前來拍的偶照，「實不相瞞，我有買你的布袋戲尪仔，頭拄仔我就是在看影片的時陣，雄雄一陣刺目白光閃爍，你就出現在我的房間內底啊。」

蒼鴉絕藏一臉古怪，坐在床上的他不自覺地默默偏向內側，「爲何你欲買神似吾的尪仔？」

「當然是因爲……」葉雨荷原本想反射性的回答因爲他是最喜歡的角色時，但在意識到回話的對象是角色本尊時，又硬生生地把話吞回喉嚨深處，「咳！彼不是重點，重點是你出現時，我的尪仔嘛綴著消失。」

他指著自己的胸口，「你懷疑……吾之軀體是尪仔？」

蒼鴉絕藏的語尾高揚，對於這種假設明顯感到荒謬，但葉雨荷不以爲意：「不無可能，也有可能是你的意識附體在尪仔身上。」她手握拳露出一根大拇指向後方桌上的筆電，「你看完這个有想起什麼沒？」

輕觸眉心，絕藏斬釘截鐵地說：「有。」

「是什麼？」

「吾無印象有說過最後那幾句話。」蒼鴉絕藏篤定他失去意識前只有訴說無法拯救友人的不甘，以及看完那影像所產生的矛盾感，至於他是怎麼來到這個世界則是一概不知，只餘一片混沌。

如此判斷，可以消除「蒼鴞絕藏依靠自我意志來到這個世界」的可能性，葉雨荷一邊指著筆電的停格畫面，一邊跟他說明：「差不多也是在彼個時候發生異變，如你所見，後面就都無法度看了，明明還有其他的支線故事。」

尖耳殺手內心一驚，脫口便問：「除吾之外，還有其他人被偷看人生？」

「什麼咧偷看人生……」把戲迷講的好像變態或偷窺狂一樣……好吧，在他看來可能確有其事，雖是不滿絕藏的這種說法，但葉雨荷適時忽視失禮話語：「當然，所以我不是說你只是其中一位角色。」

無論是哪家的布袋戲，單集裡幾乎都會收兩個以上的支線故事，好的編劇群會在收尾時把看似不相關的支線串連，回歸當檔主線劇情，並且把伏筆交代清楚；如果沒處理好，支線故事看起來就會各自獨立於主線外而顯得支離破碎。

在學校團體報告裡常常擔任筆記或整理的葉雨荷，把蒼鴞絕藏的說法逐條式的打在社群軟體專門的記事本，傳送的聊天室當然是他們這屆布研的群組當中，當她輸入完畢時，正好傳來新訊息的提示音，口傳仔表示他快到靠近她家的捷運站了。

「對了，等一下我的朋友會來阮家，他們亦是有在看布袋戲的同伴。」

「嗯？爲何？」

「咱兩人討論也不是辦法，濟人濟跤手，凡勢會有使你回去的好辦法。」葉雨荷起身扶向門把，「你先歇睏，我捧茶給你飲，碧螺春好無？呃……」支支吾吾了幾聲，思考應該怎麼稱呼他才不失禮貌。

「絕藏，喚吾絕藏。」猜出女孩家的心思，明明剛才就已經直呼過他的名字了，竟然還在糾結稱呼？「多謝妳，葉姑娘。」

不過他也敏銳地察覺，自從他願意釋出信任後，她說話的語氣跟語句便豐富了許多。

少女微愣，而後燦然一笑：「叫我小荷就好了！」

她帶上門，留他一個人在她的房間，她怕再跟他待在同一個空間，會再也無法抑制上揚的嘴角，臉上渲染著幸福的顏色。

※※※

其實葉雨荷說錯一個重點，他的身體狀況好到根本不需要休息或調養，或許真如她所說的，這具身體是由尪仔幻化而成？

疑點太多，他還需要更多關於這個世界的情報。

蒼鴞絕藏走下床，這房間的格局不大，十分狹隘，除了面前的桌椅、幾乎貼合牆面的木製櫥櫃，再無其他特別的家具，方才葉雨荷給他看影片所使用的奇異方型盒子，可以的話他不想調查那東西，如果一不小心弄壞了恐會辜負少女的一片眞誠，於是他打開櫃子的門，映入眼簾的全是樣式奇特的女性衣物，此時他才意識到這裡是少女閨房，不禁尷尬的微微撇開視線，默默地關上櫥櫃門，很明顯沒有他要的線索。

他把目標鎖定在書冊上。

這間房間裡只要有層架就會擺上書籍，塞得不留縫隙，顯示了房間的主人應該相當熱衷於讀書，隨意從架下抽出一本，本以爲可以找到兩個世界相似的共同點，但這個世界連讀物都顯得五花八門，不見竹簡、書卷，而是烙印著明顯非手寫的文字，他從沒看過這般整齊劃一的書寫方式，但書體太過小巧纖細，看得他雙眼泛酸，書的封面像是盡其所能的塡滿整張紙，令他不知道視線的重點該放哪裡，值得慶幸的是他還看得懂書冊的文字，蒼鴞絕藏懷疑這些書籍恐怕又是產生於他難以理解的技藝，因爲他看不出書寫者留下動筆的痕跡。

翻了幾本找無結果，撇頭時卻見他剛剛躺過的床頭正上方有一木板，上面也堆放著書籍，只是這些書籍比置放於書桌上的還要來的輕薄，且都出自於同一系列的書冊，因爲書背上都寫著《風雷布袋戲期刊》，其中一冊，眼尖的他發現標的便是他蒼鴞絕藏的名字，他趕緊從架上拿下來。

幾乎沒有厚度的期刊，封面畫的是栩栩如生的他，不，應該說是布袋戲偶樣貌的蒼鴞絕藏才對，畫作精細逼真，有如直接將人物的靈魂直接封印在紙上。他快速翻閱，除了他以外，書裡還有其他人的畫像，有些只聽其聞、有些則是熟稔之人，但似乎大部分的書頁都在介紹他的一生或經歷，他深吸後吐納了一口氣才繼續閱讀下去，並且說服自己這是爲了更加了解這個世界。

文中的主述者似乎相當了解他，更甚葉雨荷，從他的故鄉、招式名稱、不想讓人大肆宣揚的優缺點都被記錄在這本書上。

其中一句寫道：「蒼鴞絕藏這個角色是我跟某位好朋友一起討論一起創作出來的角色，對我來說很新鮮也意義非凡。」

他默默翻下一頁，心心念念的好友姿態佔了一整頁，他忍不住驚呼：「風凝泉……」

風凝泉的戲偶就如同生前的他一樣，炯炯有神的目光，嘴角總是噙著一抹似笑非笑，蒼鴞絕藏輕輕的嘆了一聲細不可聞的輕嘆，在這幾頁上閱讀得比自己的介紹頁面來得更加仔細，其中一段文字抓住了他的目光。

「我一直在思考風凝泉這個角色該如何退場，才能讓蒼鴞絕藏陷入極度悲痛的狀態，我便寫出了讓風凝泉悲劇性的死在蒼鴞絕藏的面前，如此一來便可推動劇情，畢竟他一直以來都十分的冷靜，唯有摯友的死才會讓他近乎失去理智的崩潰。」

他似乎可以想像得到主述者在寫這段時，一臉無謂地說著自己的傑作，悄悄在他心裡點了一把火，啪了一聲，闔上他不願再看到的書，緩緩閉眼，腦海裡浮現的卻是好友死前那沾滿汙血黑毒的臉龐、止不住血的傷口、慘不忍睹的屍體。

文裡的主述者使用「創作」這一詞，葉雨荷曾說過他只是戲劇當中的角色，也就代表，這名作者是隔著一個世界書寫他與風凝泉結局之人、玩弄命運之人。

原來他的死，在這些創作他們的人眼裡，如此的微不足道。

原來他的亡，只是要襯托兩人之間悲劇般的友情，如此的輕描淡寫。

原來風凝泉他……打從一開始就逃不過他注定的死劫。

鋼鐵般的自制力壓抑了怒火，他已知道來到這個世界最主要的目的。

「君岸……」

他低沉嗓音咬牙切齒所道出的名，便是在期刊裡所看到的作者，亦是他的創作者。

再度睜開的珀金色雙眸，只餘山雨欲來的怒意。

第三章

一手握著把手，一手撐住茶蓋，並且用力甩出壺嘴裡最後一滴翠青色茶湯，葉雨荷準備了一些餅乾並放在跟茶杯一起的托盤上，家裡只有這些可以招待客人，她記得在不久前發行的風雷布袋戲期刊當中有介紹到，蒼鴞絕藏嗜甜，她便選了幾款口味較甜的茶點，希望絕藏會喜歡。

一邊期待能看到絕藏更多新奇的反應，一邊捧著托盤開門道：「絕藏，我捧茶來了喔。」

原本以爲對方還在她的床上，開門後卻見已然戴上兜帽的絕藏也剛好要走出門，兩人差點相撞，葉雨荷及時穩住拿著托盤的姿勢向後退了幾步：「哇，害我驚一下，歹勢吶，讓你等那麼久……」愈說卻愈覺得眼前之人表情凝重，跟剛才的警戒神情又有些許不同。

簡單來說，他的心情看起來相當不佳，尤其他還突兀的問了一句：「君岸在何方？」

「啥？」葉雨荷呆愣住，沒頭沒尾在說什麼？

下一秒她的視線全被某本書頁佔據，還沒來不及細看便聽到蒼鴞絕藏貌似壓抑情緒的低嗓：「撰文之人，在佗位？」

葉雨荷瞇起眼，等焦距總算對好眼前事物時她才發現這本書是她最近才入手的風雷布袋戲的期刊，該期主題正好就是蒼鴞絕藏，原來他剛剛看完這本雜誌了嗎？再等一下，他剛剛說要找的「君岸」，莫非是……

葉雨荷抬頭問了：「你是說編劇？」

「編劇？」又出現了一個陌生的詞彙。

「呃……簡單說，就是創作角色與故事的人。」

目前台灣各家布袋戲都保持著一檔劇集連結上一檔的長壽劇模式，構成故事的是由一群編劇執筆編撰，最後再由總監做整合，比起其他戲劇，少了演員要素的布袋戲劇，編劇可說是構成布袋戲劇的靈魂，而若是常駐性或生存多檔以上的角色，可能會出現因前編劇離職、改由不同編劇撰寫，而顯得人設改變的情形。

「君岸……是創作吾與風凝泉之人。」

「嗯……對，幻族慘案的這段故事應該攏是由君岸所寫。」葉雨荷才忽覺絕藏這句話似乎不是問句，而是肯定句，她狐疑的問：「你為什麼要找君岸？」

「不為何事。」

「殺氣騰騰講這句話，很沒說服力。」

他陰沉的低喃，聽來似低吼：「妳明明感應袂到殺氣。」

然而葉雨荷也不甘示弱：「看你的表情就知道。」

兩人站立著四目對視，誰也不發一語，其間的空氣彷彿迸裂開來，但最後還是葉雨荷輕嘆一口氣打破壓迫的氣氛，畢竟眞要比耐力她絕對比不過擁有絕藝武功的殺手，而且她手上還捧著茶呢，她轉頭，先把托盤至於餐桌上後，軟化語氣再重新問道：「所以、你找君岸想要做什麼？」

沒想到蒼鴞絕藏還是三緘其口：「與妳無關，妳知曉此人位置？」

葉雨荷不滿他的固執，但還是回答問題：「應該、在雲林，因爲風雷布袋戲的片廠在雲林，編劇應該也在遐。」

「多謝告知。」賺得他一聲謝，本以爲蒼鴞絕藏接下來會告訴他之後的打算，以及打聽君岸消息的目的，沒想到轉頭一望卻見尖耳殺手不知何時已打開她家的陽台，一腳踩上窗台，嚇得葉雨荷衝上前拉住他的灰色衣襬。

「等等等等等等一下！！！你在幹嘛？」

他頭也不回且理所當然的說：「去妳所說之處，找彼个人。」殺手拉了拉自己的衣領，想抽出被緊抓在少女手心裡的衣襬，卻見葉雨荷這次雙手直接抱住他的臂膀，力氣之大令他一度失去平衡。

「亂來！而且你知影雲林多遠否？這是台北吶！」即便知道搬出無法表達距離概念的地名恐怕也無法打消對方的念頭，葉雨荷還是極力阻止，媽啊，這傢伙簡直比她還要行動派，哪有人說走就走的，「我不能放你一個人在外面拋拋走！」

別說是戲迷，被一般人看見穿著古裝的人大搖大擺走在街頭上肯定會成爲隔天的新聞焦點，引起軒然大波。

「妳……唉……」蒼鴞絕藏邊無奈的嘆口氣邊收回踩上窗台的腳。

就在雨荷以爲他願意聽從她的話時，她忽感一陣上下顚倒的暈眩，腦袋還沒理清爲何陽台的盆栽會在視線上方時，便聽到蒼鴞絕藏淡然的留了一句：「勞煩姑娘引路了。」

當她總算意識到自己被蒼鴞絕藏扛在背上時，浮游感包裹了她的全身，夜幕與踩不到地的恐懼壟罩著她，事出突然，她本能的發出今天第二次的慘叫聲。

「啊啊啊啊啊啊！！」

※※※

時間稍微往前挪一點。

石益宏照著葉雨荷給的地址，從鄰近的捷運站走向導航地圖指向的地點，這是他第一次來到葉雨荷的家，說老實話，他到現在還是很難相信虛構的角色竟然會在眞實世界現身，從後方響起的喇叭聲引起他的注意，他側身看到一台紅色的摩托車正巧停在他旁邊。

對方拉開安全帽的擋風玻璃罩，花芊雯帶著笑意向他揮手打招呼後，便騎到前方轉進小巷，關閉引擎聲傳來後，才看到難得穿牛仔褲的社長。

石益宏瞬間有種看到真人反差的錯覺：「學姊？妳會騎車？」

「高中生上大學的暑假就去考駕照了，只是沒有騎到學校而已。」在石益宏腦海裡，花芊雯一直以來都是溫和內向的溫柔學姊，寬鬆的罩衫與長裙是基本衣著配備，有時候常常會被葉雨荷的氣勢給壓過去，然而現在看到對方脫去眼鏡、一臉自信騎機車的模樣瞬間覺得尚未完全瞭解這位比他們早入社一年的學姐。

於是他問：「學姊認識蒼鴞絕藏這位角色嗎？」

「不太清楚，我只知道小荷很喜歡他。」然而看到單手搔著側頰苦笑的花芊雯，又覺得看見了平時的傻大姊社長。

「那妳相信中文仔說的，就是⋯角色穿越嗎？」

「哎呀，小荷總不可能會開這種玩笑啦。」花芊雯擺擺手，走道大樓門前，此時已經快要晚上七點，已過了一般民宅大樓管理員的上班時間，「對了，小荷他們家是幾樓⋯⋯」

語尾方落，兩人同時聽到一陣有一段距離的尖叫聲，聲音似乎有越來越近的趨勢，然而左看右擺周圍卻無人。

「這聲音好像……」石益宏納悶之餘，向後一退，並循著聲音的方位，意識到聲音來自上方時，只見一道人影從天而降，伴隨那道熟悉的尖叫，彷彿被黑夜吞沒的暗灰人影足尖觸到路燈，接著借力使力跳上另一端的屋簷，前前後後不消數秒的時間，那絕不是一般人類的身手，而且石益宏沒有看漏他背上驚恐慘叫的少女，是他們今晚本欲拜訪的葉雨荷。

「學姊，」他呆呆地說著，口氣平板得感覺會被系上的老師給刁難，「那好像就是蒼鴞絕藏跟中文仔……」

「那趕快追啊！愣著幹嘛！」花芊雯反應極快的直接拉上學弟的手向機車衝去，丟給他一頂安全帽後就直接叫他上後座，還處於巨大震撼的石益宏直到摩托車開駛後才趕緊握住後扶手。

狂風中，他聽到花芊雯對著他大喊：「益宏，幫我找他們飛到哪裡了！我沒辦法一邊找一邊騎。」

「啊、是！」一邊佩服花芊雯身為學姊的風範，一邊抬頭尋找葉雨荷他們的位置，對方的褐色衣袍成了夜晚的保護色，他聚焦了一陣子才捕捉到兩人的身影，「有了！繼續直走，他們在前面距離兩棟房子的屋頂。」

趁著連續綠燈的幾個路口，花芊雯邊催油門邊問後方的學弟：「有辦法連絡到小荷嗎？」

「不知道，她那個姿勢我覺得很難。」嘴上雖是這麼說，石益宏依舊以單手操作手機，他試著傳了幾個訊息給葉雨荷。這期間，他緊緊地抓著兩人的視線不放，奈何蒼鴞絕藏輕功了得，高聳林立的水泥建物沒有拖慢他腳步的能力。

一陣刺耳煞車聲，好死不死此時竟然有等待時間快一分半的紅燈硬生生阻擋在他們面前，石益宏只能眼睜睜看著空中越來越遠的兩人身影。

「可惡！」正當他想打電話給葉雨荷時，對方傳來了訊息。他知道那兩人的目的地了。

他在花芊雯的耳邊說了一個地名。

紅燈還剩十秒，花芊雯舔了舔嘴唇說道：「周圍、有警察嗎？」

「嗯？應該沒有。」石益宏邊左顧右盼邊回答。

「好，那麼、」

「咦？咦？等等……學姐……」花芊雯此時做了會讓母胎單身的石益宏慌亂的舉動，她把他的手扶向自己的腰側，「抓緊了。」

紅燈轉換成綠燈的瞬間，油門催到底，臉紅心跳的不明情愫也很沒情調的被甩出機車車尾，只剩咆哮的風聲刺激他的耳膜。他頓時明白，摩托車就是平時的花芊雯與此時的花芊雯的分水嶺。

石益宏發誓，他下次絕對不要坐社長的車。絕對。

不然他不知道下次會不會還活在摩托車的座墊上。

※※※

足下點點繁星，頂上無月無光，彷彿是地上的燈火吸收了星辰的耀眼轉而讓自身大放光彩，蒼鴉絕藏不悅的彈舌，少了星象他根本無法判斷南北方位。

些微涼意的晚風吹拂他的衣袍，他問了被他緊抓著的少女：「你所說之方位，在何方？」

他問得平緩，反倒是葉雨荷就無法像他一樣冷靜。

從他寬廣的背上觀星，往好處想應該是還蠻浪漫的事，問題是以大城市裡的光害程度根本觀不到星空，而且他如果不要用會讓她吐出來的速度在屋頂上飛簷走壁就更完美了，奮力一看，她家的大樓已經完全看不到蹤跡了。

葉雨荷在殺手背上掙扎未果後改用口語表達不滿：「稍等一下啦！有話好說，你先放我落來啦！」

被人扛著飛來飛去可不是什麼好經驗，又恐怖又想吐，她甚至開始覺得頭昏腦脹，心想，「你用抱的也比較好一點……」

「妳對彼个人，有何了解？」蒼鴞絕藏保持同樣的姿勢不動，夜幕低垂，五光十色的燈火使他在夜裡還是不自覺地瞇起細眼，連自身感官似乎都被削減一般，他在心裡丈量前方建築物的距離後又再度跳躍過去。

「你說君岸？無啥了解。」葉雨荷努力挺起上半身，至少不要讓自己的腦袋呈倒吊的狀態，「我只是觀眾，不知道編劇的想法。」

「……是嗎？」蒼鴞絕藏淡然一句，不知為何在葉雨荷聽來卻有那麼一點寂寥。

說來，他似乎是因為看完那本期刊後才忽然想要去找他的編劇，角色找創作者會想要做什麼？鐵定不是雙雙坐下來一場和平對談吧？

她決定主動試探：「絕藏，你是不是想欲改變你自己的命運？」

蒼鴞絕藏不發一語。

以為默認等於肯定的回應，葉雨荷苦勸道：「彼个……對你的想法我會當理解，但編劇不一定會為你改變劇情的發展，因為猶閣會牽到其他的角色。」

蒼鴞絕藏依舊沉默。

「你的最後一戰，武戲拍了很好，作爲結束，其實也不算太壞⋯」

她感覺到扛著她的殺手腳步一頓，感到困惑，無奈她的姿勢無法窺視他的表情，只聽見蒼鴞絕藏幽幽開口：「原來吾之死，對汝等而言，不算太壞⋯⋯」

葉雨荷一聽，內心一怔，此時此刻，她才明白自己犯了個極大的錯誤，即便眼前之人以眞人的型態，奇蹟似的出現在她面前，在潛意識裡卻依舊認定蒼鴞絕藏只是她平常娛樂時所觀看的角色，她極其殘忍的，沒有把對方當作「一個人」來看待，如果她把他當作一般人，就不存在「不算太壞的死亡」這種說法。

葉雨荷慌張地想解釋：「毋、毋是！我毋是這个意思！」但接下來的話，她卻想不到該說什麼才好，該如何彌補才好，兩人之間微妙的天平，此刻有一邊沉沉重壓，她被自己沒深思熟慮的話語壓的喘不過氣。

撥出去的水，無論再怎麼惋惜，依舊不是那盆澄淨的水。

「絕藏⋯⋯我⋯⋯」

還梗在嘴邊的話，不是因爲負面情緒說不出口，而是她突然聽見尖耳少年悶哼一聲，被他扛著的葉雨荷可以感受到他的背一瞬間緊繃弓起。

「絕藏？哇！」葉雨荷忽地驚叫，因爲在跳往另一處屋頂時，蒼鴞絕藏腳步踉蹌，單腳跪下，連帶的他把葉雨荷也從肩上摔下，幸好她離地不遠，腳一觸地後便馬上調整姿勢。

「唔……」蒼鴞絕藏面容扭曲，單手摀胸，單腳跪地，一臉痛苦。

「絕藏！你安怎了？」葉雨荷急忙的攙扶他，他的胸口並沒有滲血或是明顯的傷口，難道會是內傷迸發？

「吾無事……」即便是在夜裡，還是能從光影色差看得出現在的他臉色有多差，從他在家裡說的話就可以知道這個男人有多麼愛逞強又不會說謊。

「我無相信！」葉雨荷拉起他一邊的手，放到自己的肩上，用半邊的身體支撐他站不穩的身子，「你實在很不會講白賊！算我拜託你先返去阮家歇睏。」才剛這麼提議，在環視現在兩人身處的地方後，立刻對這方法的可行性大打折扣。

腳底踩的是坡度低緩的鐵皮屋頂，仔細搜索沒看到可從大約五、六層的公寓下樓的管道，唯一可行的方法就只有仰賴蒼鴞絕藏的輕功了，問題在於他的身體狀況不明，只怕撐不過以同樣的路段返家。

爲免從屋頂上摔落，葉雨荷伏低身姿從屋簷邊探頭，所在的大樓隔著一條馬路，再過去便是沿河公園，隔著平面道路與綠地公園的是高架公路。她不常來此地但腦中的地圖告知她離住家已有數個路段之遠，不禁佩服起蒼鴞絕藏腳程之迅速。

愈靠近台北市區的河基本上沒有甚麼河運功能，除非是主打「藍色公路」航線的大稻埕或是靠近出海口的淡水，現在的台北人離河最親近的場所大概只剩下河濱公園、或者是過橋時才會注意到河的存在，晚間也有許多下班族或怕日曬的民眾習慣在河濱公園夜跑或帶狗散步，若是要掩人耳目找休憩的地方，橋墩下的空地會是個好選擇，而從這方跳到公園那方，得翻閱過車陣川流不息的高架公路，她尋找可立足之點，恐也只剩下馬路的路燈以及高架公路的隔音牆這兩個緩衝點了。

不幸中的大幸在於，蒼鴞絕藏本身的服裝色調在夜晚不明顯，被看到而造成騷動的可能性較低。

口袋傳來的響亮提示音打斷她的思考，在屋頂上跳來跳去她沒心思也不敢抽出手機出來，點開一看果不其然發出連環訊息的是石益宏，她傳了幾段話後，蹲下對著正催發內力運氣調息的蒼鴞絕藏說：「抱歉，我必須提出一個無理的要求，你猶閣有氣力施展輕功到對面的公園沒？」

他咬牙睜開單眼瞄向滿臉憂心的葉雨荷，翻掌凝氣試圖壓制胸口的痛悶感：「……勉強可以。」畢竟輕功是走跳江湖的基本，若連這點都做不到，被風凝泉看到想必會邊搖羽扇邊調侃他。

蒼鴞絕藏攔腰橫抱起葉雨荷，這次後者有心理準備了，尖耳殺手左後腿一蹬，無視身體的不適，穿梭在馬路的上空，靠著路燈作爲立足點，轉眼間便已橫越了高架路段，看在不知名的人眼裡，大概也只會覺得是蝙蝠或鳥類等生物快速掠過。最後他輕踩長在公路護欄旁的樹梢後，落地無聲。

他將葉雨荷輕輕放下，自己卻也跟著倒下，少女及時撐住他突然軟倒的身軀，她扶著他走到橋墩下，頭頂上只傳來車流不斷通過而傳導的震動聲，橋墩下設置公用籃球場與鐵製長椅，葉雨荷很慶幸這個時間點沒有半個人使用，她讓他橫躺並取下他的斗篷，蒼鴞絕藏過分蒼白的面色在燈光的照射之下卻愈顯透明。

該怎麼辦？即便絞盡腦汁，在不明原因的情況下，葉雨荷完全不曉得該如何幫他。

「小荷！」遠方急駛過來的摩托車上傳來熟悉的呼喚聲，還沒看清楚來人，坐後座的那人一停車便跳下車跑向她。

那人邊摘下安全帽邊激動地捉住她的雙肩：「葉雨荷，妳還好嗎？」

被搖了搖肩膀後才看清來人是石益宏，很感謝他難得的關心，但這問句卻令她些許困惑：

「我沒事啊，怎麼會這麼問？」

「因爲我看到妳被蒼鴞絕藏扛著直接帶走啊！不都跟妳說要準備繩子了。」回想當時在她家樓下的情景，他只聯想到綁架兩個字。

「家裡沒有繩子啦，我才不會這樣對待他，而且那是因爲他想要找君岸才會突然衝動行事。」在那之前，葉雨荷的口語交涉可是做得還算不錯，也不想想平時跟課外組凹一些好處都是她去找老師談的。

「君岸？他的編劇？」不愧是同爲風雷布袋戲的戲迷，一聽就注意到細節。

「對，但他沒告訴我爲什麼想要找他。」她憂心忡忡地回頭望了還冒著冷汗的蒼鴞絕藏，忽地想起眼前的少年有違和之處：「對了，是誰載你來的？」

方才在屋頂收到石益宏傳來詢問她在哪裡的訊息，她只來得及回說得臨時改變地點，希望到河濱公園的橋墩見面，但在短時間內就抵達她倒很好奇是誰騎車過來的。

聽到這問題的石益宏卻是面有菜色，手摀著嘴忍耐不去回想痛苦的回憶，帶著全罩式安全帽的嬌小女性則是停好機車後衝過來察看她並逼問她：「小荷！妳有沒有受傷？他到底想把妳帶去哪裡？」

「咦……？這聲音……」發現雨荷認不出自己，嬌小少女這才把安全帽拿下，映入眼簾的是那看似柔順如貓毛的淺棕色捲髮，這令葉雨荷大驚：「社社社社長？！妳會騎車？」

這爆炸性的奇聞簡直比布袋戲角色來到現實還要來的震撼。石益宏一臉同情地望向被嚇得不清的葉雨荷。

當事人無奈的發笑，「有這麼誇張嗎？大學生騎車不是很常見的事嗎？」

但跟妳的形象完全搭不上啊，社長。葉雨荷與石益宏相當有默契地在心裡吐槽。

「嗚……」不知是被吵醒或是因身體不適而從喉頭發出的呻吟聲，拉回三人的注意。

「絕藏！」葉雨荷的反應最快，她跪在長椅旁，右手攬過蒼鴞絕藏的肩膀讓他的頭靠在她的手腕上。

「抱歉、葉姑娘……吾……」他的語氣艱難，似乎又更加的虛弱。

葉雨荷很想再提醒他關於對她的稱呼，然而她只得驚恐的看著蒼鴞絕藏的身體再度出現異樣，隨著他的眼睛闔上，他的身軀漸漸散發白光，就如同她的筆電散發的不明光芒一樣，直到那道白光包覆了他全身、在場三人都必須遮掩抵擋強光後，葉雨荷先是感受到手中的重量輕了許多，花芊雯的驚呼聲逼得她看向懷裡。

蒼鴞絕藏還在，但那不是眞人型態的他。

「……我買的戲偶？」

佔了葉雨荷一半身長的戲偶蒼鴞絕藏，靜靜地靠在她懷裡，好似一個小時前看到的蒼鴞絕藏只是一場夢。

※※※

寶特瓶在狹窄的自動販賣機裡掉落後，被石嗌宏從開口取出，並遞給了將那尊偶抱在懷裡的葉雨荷。花芊雯爲了避免被人發現在河濱公園停放機車，選擇挪到不易被看到的牆柱後，並坐在機車坐墊上。河濱公園一般只開放腳踏車，除非有供新手駕駛的而特地規劃的機車練習場，否則若慢跑的人看到有機車騎進公園又佔道是一定會被翻白眼。

石嗌宏喝了一口黑松沙士後有些不確定的說：「他會不會是回去原本的世界？」他說的他自然是指蒼鴞絕藏。

「我覺得……沒有。」葉雨荷的口吻並沒有比他更加地確定，但她還是有其根據的：「因爲你看、這尊偶，眼睛還是閉起來的。」

強光過後，只剩戲偶躺在葉雨荷的懷裡，他們仔細檢查的一番，發現姿勢架還原原本本的放在偶體內，然而支架卻扣的死緊，無法拆除，而且這尊偶雙眼緊閉，跟在房間時出現的異狀一模一樣。

「妳覺得他這只是暫時的？他還會變成剛才那個樣子？」

「我想是的。」不如說，她希望是的，「目前最奇怪的問題是他怎麼會突然身體不舒服，然後變回偶的原樣？」

「他還會變回來嗎？我還帶了相機過來想拍的。」喜愛外拍的花芊雯惋惜的說道，看沒幾眼眞人版的他結果又馬上變回戲偶了。

「你現在也可以拍啊，雖然採光不好就是了。」她把戲偶平放在座椅上，木頭有些不平整但總比放在地上來的乾淨衛生。

得到偶主的同意，花芊雯很開心的拿起相機取角拍攝並讚美道：「話說你買的這尊官方偶品質很棒耶，神韻好像本尊。」

看到學姊此時此刻仍是衷於愛好興趣，葉雨荷也不禁對自己的戲偶感到驕傲：「對吧！原本很擔心，因爲我是從網路直接訂的，不是買現貨。」

每家布袋戲出品的官方偶收購管道，不外乎到周邊直營店現場購買，或是在官方網路平台做訂購，前者好處在於能直接現場選中意的偶，壞處在於到了現場有可能擺的不是喜歡的角色，而且現貨賣完就沒了；後者好處在於省去交通，繳付訂金後戲偶自動送到家，壞處在於出貨時間長，一般需要等十至十二個月的時間，因爲是全手作工藝品，而且無法在出貨前確認偶的樣子或神韻。

「好想看一看他的眼睛，可惜現在沒辦法。」花芊雯確認自己拍攝的作品，當然都只有偶的閉眼照。

布研社成員們最大的通病，比起人，更熱衷於戲偶。

兩名少女開始不合時宜的討論偶的照片時，石益宏滑著手機到某則頁面時，他直盯著螢幕頭也不回地問葉雨荷：「我說、蒼鴞絕藏是甚麼時候身體出現狀況的？」

「大概半小時前。」這她還有印象，因爲那時剛好抽出手機連絡口傳仔。

這答覆使得少年眉頭微皺，他把手機傳給兩人看，那是風雷布袋戲官方臉書前不久發的公告。

該篇公告指出，多數戲迷反應第三十集的光碟無法順利撥放的狀況層出不窮，官方內進行確認後，證實了該集光碟燒錄出現嚴重疏失，而爲了補償戲迷，《幻魔荒道》第三十集重新燒錄版將與下一檔新劇的第一集同時發行，屆時會以附贈的形式售出，並致上歉意，下一檔新劇發售日估計會在下個月上市，等於說戲迷們還得再等一個月的時間才有辦法得知《幻魔荒道》劇集的收尾。

底下留言當然引起熱烈討論，有人撻伐、有人認爲官方釋出善意。然而最令葉雨荷感到不安的，是公告的時間似乎與蒼鴞絕藏發作的時間重疊，而且這貼文代表著她買的光碟不是唯一例外？

「你認爲這跟蒼鴞絕藏的身體有關係？」花芊雯狐疑地問石益宏的同時，她也拿出手機開始搜尋相關消息。

「不無可能……而且你們不覺得這個公告很奇怪嗎？」石益宏的食指輕敲前額，這動作葉雨荷曉得，通常是他在思考時會有的下意識舉動。

「怎麼說？」

「這是成本問題，有些人不會當天發行就買光碟，你覺得還沒買片的人看到這公告還有可能買出瑕疵的光碟嗎？不可能嘛！第三十集綁下一檔第一集的賣法對今天還沒買片的人來說簡直是買一送一，這下子風雷這間公司會虧很大，我不懂爲什麼不把有問題的光碟回收後再補寄新的一片給消費者？偏偏用這種公告來宣示他們家的光碟出錯。」

有道理，風雷布袋戲不惜成本也決定這麼做是爲了什麼？葉雨荷提出可能性：「這代表他們是很篤定這批出的片就是有問題？」

「不止，我覺得說不定官方是在拖延。」石益宏眼裡閃過精光，奇怪，這傢伙甚麼時候開啟偵探推理模式的？不過葉雨荷也順著他的推論說下去。

「要拖延什麼？」連語氣也像是聽偵探推理的警察一樣嚴肅。

殊不知石益宏兩手一攤：「不知道。」葉雨荷差點被他無謂的語調噎到飲料。

「口傳仔！」

「我又不是官方，怎麼可能知道內部發生什麼事。」少年故作無奈的口吻，卻頗為滿意的欣賞少女受不了的神情，他清了清喉嚨後重新歸納他的想法：「總之，雖然他穿越來到了現實，但可能還是會受到官方的影響，因為官方影響的是他的世界，所以身體才會出狀況。」

「然而我更想知道的是，為什麼這麼剛好是妳這尊偶？」石益宏的語氣犀利並帶有濃厚的質疑。

葉雨荷有些茫然：「咦？因為我剛好在看《幻魔荒道》，而且蒼鴞絕藏的偶也剛好在旁邊。」

少年打了個響指：「就是這一點。」花芊雯也因這句話望向突然站起的學弟。

「咦？」

「今天妳收到蒼鴞絕藏的官方偶，表示應該也有寄到其他買家那裡，誰能保證妳是唯一一個符合條件的戲迷呢？」

「因為我馬上就拿來看了！」葉雨荷大聲嚷嚷，莫名燃起競爭心。

「跟人爭什麼啊？如果關鍵道具是戲偶跟片子，那應該沒有什麼先來後到的道理吧？」

他指了指戲偶，「問題在於，這尊偶有甚麼特別之處？」

被他這麼一說後，她把蒼鴞絕藏轉而面向自己，除了神韻刻的非常棒，偶衣製作精良，但這些應該都跟其他公司出品的偶不會有太大的差別吧？每位偶主拿到的偶都是獨一無二，爲何蒼鴞絕藏的靈魂偏偏是寄宿在她的這尊戲偶上呢？

至始至終都在滑手機的花芊雯猛然站起身，盯著手機螢幕一臉不敢置信，葉雨荷發現她沒拿著手機的左手多次擦拭牛仔褲，抹去手心過多的手汗，她語氣顫抖地問：「小荷，妳有確認過這尊是官方偶嗎？」

「嗯？有啊，我今天剛簽收……盒子上也有官方的認證……」

平時情緒鮮少浮動的花芊雯激動的捉住葉雨荷的雙肩：「不是！我是說木偶上有沒有官方註明的標籤或是簽名？」

撇除購買官方偶這一途徑，有些偏向冷門或已經退流行的角色若有戲迷想收藏時，會選擇購買私偶，找刻偶師自行發行的偶頭，另外再找造型師組裝偶衣與內體，與官方偶的差別在於有無公司授權；另外原雕偶在發行交給公司前，會經過公司的層層考驗，確認品質把關，另外也聽說若有檢驗未過標準的偶頭，私底下會拿來當作私偶發售，這類偶雖說不符官方偶的標準，但瑕疵一般都不明顯，是故價格也會壓得比官方偶還低。

而正版授權的官方偶會在偶頭脖子處貼上雷射防僞貼紙，以及在偶衣裙襬內側簽上該公司老闆的簽名，以上兩點均符合才能確認是官方偶。

「呃……我好像還沒確認過……」少女尷尬一笑，她完完全全忘記確認這個步驟了，這實在不是個及格的偶主該有的行爲，在兩人的瞪視之下，她翻起蒼鴞絕藏的灰色衣擺。

然而無論她如何翻找，內襯衣襬都遍尋不得風雷布袋戲林氏老闆兼口白的簽名，掀開脖子的衣領也無該有的雷射防偽貼紙，而這時她仔細一看才發現，怎麼某些偶衣較淺的布料似乎有被紅色顏料沾惹後清洗過的痕跡。

「找不到……太扯了吧？難道官方忘了把貼紙跟簽名給這尊蒼鴞絕藏嗎？」她現在的心情很像老師交代的作業忘記帶而準備受罰，但差別在於這並非她的疏失過錯。

相較於有些忿忿不平的葉雨荷，花芊雯在聽到這事實卻是刷白了臉，石益宏沒有錯過她頰邊低落的冷汗：「學姊？怎麼了嗎？這尊蒼鴞絕藏有甚麼問題嗎？」

花芊雯抿著嘴，好半晌才向學弟妹丟出問題：「你們知道我有認識的人進入布袋戲業界裡頭對吧？」

「嗯，有聽學姊妳說過。」

「我那位朋友就是在風雷布袋戲工作，剛剛傳訊就是在向她查探消息。」在手機藍光的照射下，她的側顏顯得冰冷凝重，「接下來的話，我只跟你們說，你們也得跟我保證絕不會傳給第四個人知情。」

快要升上二年級的兩位後輩從未見過如此嚴肅的花芊雯，雙雙點頭後便聽見她說：「益宏猜的沒錯，官方是在拖延時間，因爲今天下午有員工發現，蒼鴞絕藏的本尊偶不見了。」

第四章

本尊偶是什麼樣的概念？在戲劇裡每尊角色只有唯一一尊拍攝使用的本尊偶，由專業操偶師演活了角色的靈魂，多少人在官方展出的特別活動人擠人、擠破頭，只是為了一睹世界上那尊奠定了該角色的特徵、外型與人物魅力的戲偶，若能在活動上與本尊偶拍照合影或是握手互動，對於戲迷來說——不分男女老幼——簡直是至高無上的幸福。

然而這對唯世大學布研社現屆三名成員來講，現在的他們只感到手腳漸漸冰冷與冷汗直冒，他們應該感到興奮的，然而對眼前的蒼鴉絕藏只感到沉重的壓力。

「妳是指因為是本尊，所以才會在葉雨荷看片的時候穿越到它身上？」石益宏戰戰兢兢地說著，推論是他思考得出，但此刻他倒希望有人能反駁他的推論。

「怎麼會出這種差錯！風雷官方在搞什麼？」葉雨荷胡亂地抓著秀髮，腦袋一片混亂的回想自己收到偶到底有沒有對戲偶做什麼太過超過的舉動，好險，應該還沒有，她至今只有抱著她轉圈圈而已，對戲偶還未有造成實質傷害，要知道啊，偶頭如果有掉粉或是撞到是極大的損失，更何況還從一般收藏偶昇華成本尊偶的偶況。

花芊雯收起手機，「現在他們內部應該是兵慌馬亂的狀態，而且在他們看來珍貴的戲偶遭小偷，再加上第三十集發生播放不了的窘境，所以才會公告，好爭取一些緩衝時間。」

少年重重的坐回鐵製椅，明明盛夏時節，他卻已感到背脊嚇出一身冷汗，他冷冷地說：

「那麼，我們該拿這個燙手山芋怎麼辦？」

身爲偶主同時也跟蒼鴞絕藏短暫相處的葉雨荷感到不滿：「什麼燙手山芋，當然是要還回去！如果這尊眞是本尊的話。」

「好，那麼就乾脆打電話跟工作人員說『嗨你好，你們不小心送錯偶，把本尊的蒼鴞絕藏送到我家來了』，你看對方會不會相信，我們絕對會被當成小偷！當成罪犯！」石益宏的口氣漸漸急迫且尖銳，緊繃的氣氛與口吻也惹毛了葉雨荷。

「你這……！」

「夠了。」溫和但鏗鏘有力的喝止出自花芊雯的口中，聲量不大但足以壓下吱吱喳喳的兩位後輩，瞬間的靜默只聞橋上卡車呼嘯而過，「本尊這一點雖然是我提起的但其實還有待商榷，小荷，你說過他想要找他的編劇，那乾脆就試著聯絡這位編劇如何？」

「學姊？妳的意思是？」

「本尊偶不見這事非同小可，身爲蒼鴞絕藏的編劇也一定得知這個消息了，現在他的眞人樣貌只有我們知道，但如果讓那位編劇跟他見面呢？」

石益宏還留有疑慮：「可是我們還不知道蒼鴞絕藏找君岸要做什麼？學姊可能不知道，他在劇裡是殺手，如果是對編劇心存不滿的話，難保他不會痛下殺手……」

「然而，這是此時此刻我們能做的事了。」花芊雯搖搖頭，眼尖的發現戲偶似乎有了動靜，她趕緊把石益宏從拉起，並對葉雨荷說：「小荷！快把偶平放！」

離戲偶最近的葉雨荷看到蒼鴞絕藏的嘴板自動開啟，不禁佩服社長的觀察力，聽從花芊雯的指示，小心不敲到偶頭的將他平放在長椅上，接著又是那道白光，三人這次更有經驗了，微微撇頭或遮一下眼便靜待白光散去，直到看到那人回到眞人模樣並緩緩睜開了眼，葉雨荷才感到如釋重負的心安。

一醒來便看到葉雨荷安心的表情，有些失望醒來後依然是這個未知的世界，但他眼尾餘光撇見她身後多了另外兩位奇裝異服的少年少女時，納悶怎麼這世界裡的人都身穿這般暴露的衣著。

他起身並詢問少女：「吾昏迷多久？」

「半點鐘。」葉雨荷看了下手機待機畫面，並巧妙地無視在她身後驚訝嚷嚷「他講台語！」的石益宏。

「半點鐘？」

「啊、我是說、兩刻鐘。」忘了他的時間概念跟現代人不一樣，「你現在感覺如何？昏迷進前……」

「吾無礙，昏迷前只覺胸口疼痛難耐，後來就失去意識。」昏迷前只記得他倚靠葉姑娘的懷裡，以及彷彿快哭出來的叫喚，直到現在他還是不明白爲何少女對他百般關照，他看向在場的石益宏與花芊雯，兩人震驚的模樣令他思索著是否該化出鷹蒼刀好自我防衛：「兩位閣下是……？」

「啊！他們是我的朋友，就是我拄才有提起的。」她站起身一一介紹布研社的剩下兩位成員，並思索了一下各自名字的台語發音，「他是……石益宏，與我同年，他嘛有看風雷布袋戲……」

語末畢，布研社文書上前踏出一步，連炮火似激動的用台語問道：「初次見面你好！眞歡喜看到你，我對你的武戲印象很深，尤其是上尾對上陵刀老的決戰，毋過我無法度理解你最後哪會無欲用幻族招式，顛倒是用《橫上陵風刀迴影》這一招？你在使出最後一招之時想了什麼？爲何……」

「哇！好了好了！」葉雨荷摀住他的嘴強制打斷，從沒看過如此瘋狂的石益宏，連蒼鶚絕藏都被這一連串的問題感到錯愕而抽了嘴角，她小聲地在少年耳裡說：「你沒看到他很困擾嗎？快閉嘴！」

「嗚——嗚——」少年呼吸困難的猛拍緊緊蓋住他嘴的手。

「還有另外這位是我的前輩花芊雯，也是阮社團的社長。」葉雨荷保持摀嗌宏嘴的姿勢，乾笑介紹道。

「你、你好！啊不是！我是說、你好（lí-hó）！啊痛、咬到舌頭了！」花芊雯慌亂之餘再現笨拙的一面，痛得她好半晌說不出話，不知爲何讓葉雨荷感到些許回到日常的錯視感。

「……」蒼鴞絕藏默默地看著亂七八糟的三人，突然萌生了想再昏過去的念頭，他拍拍衣袖整理完後，對葉雨荷微微欠身：「對不住，將妳牽連，非吾所願。」

葉雨荷總算放下捂住嘴的手，石嗌宏大口喘氣，「啊、不會啦，我不會介意。」只要下次不要一聲不響就抱著她在屋簷上飛來飛去就好。

「多謝姑娘，諸位，暫別。」

他尚未忘記昏迷前唯一所念，就是想找到創作他之人，當葉雨荷再度拉住他的衣袖時，他還以爲對方又想再次勸阻他，殊不知事實完全相反。

「等等，找君岸這件事，我們會使鬥相共。」

蒼鴞絕藏細眉一挑，不解於葉雨荷的轉變。

「絕藏有所不知，你昏迷時陣變回尪仔的模樣，我們發現到你附體的尪仔，是蒼鴞絕藏眞貨的尪仔，所以我們必須送你去風雷布袋戲的公司。」

「公司？」又一難懂的名詞。

「呃……你想作是組織就好。」不然她也不知道該怎麼解釋才好。

然而尖耳殺手蹙著眉頭委婉拒絕，他一向習慣一人承擔，這點連風凝泉都敗在他的固執：「多謝姑娘美意，但吾……」

「敢講你知曉君岸要去佗位找？」出乎意料的，打斷他話的是尚未熟悉的石益宏，「你不熟似這個世界，還是乖乖讓阮助你。」

不愧是布研社的口白擔當，講起台語就是比她來的有氣口。葉雨荷如是想，心中暗自決定要勤練台語。

無事獻殷勤，非奸卽盜，先不論葉姑娘，眼前這名纖瘦少年他可還無法完全信任，卽便他是葉雨荷的朋友也一樣，正想出言反駁，淺棕捲髮的少女拍了拍葉雨荷的肩膀後站出一步說道：「那這樣好了，我們來作一場交易。」

她眼神示意葉雨荷，後者明瞭後幫忙她翻譯。之後的幾句也是同樣的方式。

「什麼交易？」

「布研社跟你之間的交易，我作爲社長正式提出合作，布研社幫你找到你的編劇君岸，以及提供你在這個世界的居所，條件交換，你助我們完成一件事，如何？」

葉雨荷花了一點時間才把這一整段翻譯傳達給蒼鴞絕藏。

「願聞其詳。」

幸好，得到的是肯定的答覆。

※※※

早起對葉雨荷來說是每天必經的煎熬，尤其是暑假，不睡到日上三更絕不起床，床頭櫃的手機有違睡眠意志響起惱人鈴聲，埋進棉被只伸出一隻手摸索，好不容易關掉鈴聲，過沒多久又是連續提示音，逼著她頂著低氣壓的頭起身，但在點開手機頁面後，開始運轉的腦袋忽覺不妙，掀開棉被，以疾風般的速度下床梳理。

糟糕糟糕、竟然忘了今天也約好要去社辦開會的。

「媽！我出門了！」她在玄關隨口一喊，聽到母親一聲回應後，奪門而出。

飛也似的趕上剛進站的公車後，邊喘氣邊回想昨天依然感到不可思議的經歷。

經過討論後，蒼鴞絕藏暫時寄住最靠近學校，也就是石益宏的租屋處，他表示，很幸運的、其他兩名室友直到開學前一天才會回來，這段期間可以讓蒼鴞絕藏待著，但也只能待到周末而已。

「沒關係，有這樣的緩衝時間就好了，到時候我會想理由讓絕藏來我家住。」葉雨荷大大的鬆了一口氣，身爲偶主，她本來就希望能就近照顧蒼鴞絕藏，但如果昨天雙親回家後直接看到陌生男子出現在葉家，恐怕會掀起一場家庭革命。

時至晚間，但穿著古裝終究還是太過顯眼，而且情急之下被帶出來的葉雨荷也沒帶家裡的鑰匙，於是她由絕藏抱著再度飛簷走壁地返回家，並且從父親的衣櫃裡偷了幾套比較符合蒼鴞絕藏體型的衣物，本來想說天氣炎熱拿幾件短袖的襯衫，但在蒼鴞絕藏的堅持之下，只好拿了長袖薄衫與長褲。

當她擔心是否感覺悶熱時，尖耳殺手淡淡回答：「走跳江湖，露出破綻是大忌。」更厲害的是，昨晚是熱帶夜但他神色泰然自若，連一層薄汗都沒流，說不定是他用內力暗自調解身體周圍的溫度，他們對他所擁有的能力還太過陌生，進行這般的猜測也不爲過。

他造型上唯一做的變動是將那一頭長直灰髮紮成了高馬尾，並戴上斗篷遮住尖耳，雖然還是很顯眼，但至少外觀低調了許多，若不細看，並不會發現他與常人有異。

彼時花芊雯也剛好載著石益宏到她家樓下門口，後者因不明原因鐵青著臉，然而在看見換裝後的蒼鴞絕藏，眼神爲之一亮。

「哇！果然人帥，穿什麼都好看。」這句話竟讓打扮蒼鴞絕藏的葉雨荷感到些許的驕傲，也不免發現石益宏有微妙迷弟傾向的發言。

之後絕藏就跟石益宏一同離去，放不下心的葉雨荷很想跟去，奈何時間已過八點半，雙親隨時都有可能回來，她只得乖乖待在家，與花芊雯一起目送兩人的背影。

「你覺得那個方法行得通嗎？」葉雨荷不甚確定的詢問花芊雯在橋下說的提案。

「只要我們宣傳夠廣，就行。」不知道是否因爲她戴著隱形眼鏡，花芊雯炯炯有神的雙眼透漏著躍躍欲試的幹勁。

暑假期間大學校園內沒什麼人，她一下車後便以跑百米的速度衝刺，外表以灰白磁磚爲基底、沒什麼建築美學的三層樓是唯世大學的社團大樓，布研社的社辦坐落於二樓最邊緣的教室。

她邊調整呼吸邊用力推開她理應在二十分鐘前就抵達的社團辦公室：「對不起！我遲到了……呃、口傳仔你還好嗎？」一開門就撞見趴在社桌上的石益宏，少年以雙手代枕，睡得並不安穩，而昨晚話題人物的蒼鴞絕藏則靠站在牆邊，閉目養神，身上的服裝依然是她給他的那一套。

葉雨荷悄悄問了身穿一襲長裙的花芊雯：「學姊，我第一次看到口傳仔睡成這樣，該不會昨天晚上發生什麼事吧？」她直覺認爲這問題不能被絕藏聽到。

「也沒什麼，只是好像教蒼鴞絕藏洗澡跟一些生活常識就花了很多時間，然後就教到半夜兩點多才睡。」花芊雯苦笑，她正從社櫃裡搬出快到她腰間的黑色方形帆布袋，那是專門收納戲偶的後背式偶袋，不知情的人看到他們背偶袋常常誤認其內容物是古箏或琴等等樂器。

宛若彼岸亡者渴求活人之氣的微弱嗓音從兩臂之間悶悶發出：「這比教三歲嬰兒說話還累……」說出來的話卻格外現實。

據石益宏用快睡著的口吻訴說，蒼鴞絕藏從昨晚搭捷運就戰戰兢兢，這世界跟他原本所待之處差太多，他花了好一陣子才說服他搭上列車，都市內繁複吵雜的聲音擾亂他的聽覺，走在人行道，身後呼嘯而來的喇叭聲讓他一度化刀迴身就要砍下去，還是眼明手快的石益宏及時架住並告訴他那非敵人或意圖不軌，而是再尋常不過的機車群而已。

抵達他家又是另一種麻煩，誤以爲瓦斯爐點燃的火是術法或陣式，而差點手掌運氣發招毀壞，習慣淺眠的他，甚至拒絕安穩趟在石益宏爲他準備的床位，選擇抱刀坐著靠牆閉目養神，讓睡在他旁邊的石益宏因爲太過在意而睡眠不足。

花芊雯輕搖因身旁有說話聲而皺起眉頭的石益宏，她的背上多了看似會將她壓垮的偶袋：

「醒醒，回來再睡，我們還得找可以讓蒼鴞絕藏隱密練習的地方，記得嗎？早知道就約晚一點你就不會這麼累了。」

充滿鼻音的嗓音從兩臂之間悶悶發出：「沒、沒辦法啊……畢竟下午可能人會比較多……」總算抬起還流著口水的蒼白臉孔。

似乎覺得跟自己脫不了關係，蒼鴞絕藏有些愧疚：「抱歉，石公子，攏是爲著吾……」畢竟，這世界太過新奇奇妙，他昨天晚上也鬧出了很多笑話，這就不方便在兩名姑娘面前說了。

這句話，卻帶來意想不到的效果，石益宏猛然站起身，雖然還有些搖搖晃晃，但他頂著兩雙黑眼圈的瞳孔裡閃過一絲精光，他擺著誇張的姿勢朗聲道：「就你這句公子，毋免煩惱我！」

一聲公子，就可以換來他的精神了嗎？那以後都喚他公子好了。蒼鴞絕藏無語的想。

葉雨荷舉起了手：「我知影有一个所在會使乎絕藏發揮！」她特定用台語說就是希望在場的人都聽得懂。

即便面色不佳，石益宏不改吐槽本性：「別跟我說是操場。」

「毋是啦！要爬山就是啊。」

唯世大學比起一般大學的平均占地數再稍小一些，其校園坐落在山腰處，說是山但其實高度不到二百公尺，頂多算是一座丘陵，但居民們也習慣當作是山了。校園的東北側除了設置校園廣播電台與朱紅涼亭以外再無其他建築，除了電台相關人士或廣播實習學生，一般學生鮮少來此，多數人並不知道──知道的恐怕也只有喜愛躲在涼亭裡偷偷吸菸的學生──涼亭旁不遠處其實有往山頂上走的路徑，當然為避免學生闖入，有一鐵門封鎖著，葉雨荷在大一的時候曾對這扇門印象深刻，她不確定他們是否為第一批試圖闖入的學生，但想必連警衛都懶得巡視這地帶，連唯一一台監視器視角對準的也只有涼亭內而已。

四人來到了涼亭旁的鐵門前，為了避人耳目還分成兩組人馬、分時段爬上去，鐵門開口只用了簡單生鏽的十字鎖，若沒有鑰匙應無法打開。

「就是此地？」

「是。」葉雨荷回答蒼鴞絕藏的問題，「問題是，咱欲按怎入去？在無法度破壞鎖的情況。」

「為何？」

「驚去乎人發現。」

「翻牆過去？」花芊雯拉著鐵門提議，不動如山，看不出來雖然年久生鏽，竟然還挺牢固。

「難，這鐵門沒有腳踩的支撐點。」石益宏邊注意身後是否有外人靠近一邊回答。

說時遲那時快，蒼鴞絕藏化出鷹蒼刀，並發出一道銳利但精準的刀氣，直射十字鎖的小孔，喀擦一聲，鎖落地、鐵門開、刀收起、人定神。

三人呆愣住，而葉雨荷回過神來的速度最快，她撿起掉在地上的鎖，並發現竟然毫無損壞，只要輕輕一銬，便可再次鎖上鐵門。

蒼鴞絕藏推開門踏步一走，其他人也隨後跟上。

一路上除了腳步聲沒人發出聲音，越遠離校區，蟲鳴鳥叫聲愈是環繞他們的身邊，蒼鴞絕藏卻覺得這小段山路是他來到這世界後最熟悉的景色。林間的樹梢像是要撫平他緊繃的精神而輕輕搖晃枝葉，自然而然的手覆口，長音而柔和的單音口哨在山林中響起，群鳥也隨著這聲，展開翅膀飛離，大量鳥群短暫的掩蓋了早晨的天空，像極了聽從命令的受訓鳥兒。

當葉雨荷問起吹口哨的原因時，蒼鴞絕藏則平靜的說：「警告，以免被波及。」這才明白他是在用口哨與鳥群溝通。

猶記得蒼鴞絕藏最初登場在螢幕時，神祕的氣質與肩上的老鷹一瞬間就抓住了葉雨荷的目光，當初他也是以口哨呼喚了愛鳥，可惜的是，那隻他訓練有素的老鷹沒有陪伴他到最後。

說來，那他的結局呢？昨晚的劇情，怎麼看都是走到盡頭的角色，其意志突破了現實之牆才來到了這裡，帶他去找君岸，是否也意味著他想回去原本的世界？回去後的他，是死屍？抑或是半生不死的中傷狀態？

他找君岸到底想要得到什麼？這是昨晚討論許久，但卻無人詢問他的盲點。

花芊雯主張應該要把他送回公司，基於本尊偶的原因；石旹宏擔心他想殺了編劇，提出了一同前去的條件；葉雨荷頭一個念頭，是蒼鴞絕藏打算找君岸改寫他故事的主意，但昨晚的反應似乎又不是那麼切中他的本心。

正當葉雨荷陷入沉思時，走在最前頭的蒼鴞絕藏打破沉默：「昨暝來不及問，你們三人為何想要助我？又是何來歷？」

「花姑娘講是交易，但吾明顯佔汝等的便宜。」衣物、住處、情報以及三餐全由他們三人提供，交換條件他卻只須做一件事就好，怎麼想都不對等。

後頭的石旹宏正想交換花芊雯背上的偶袋好減輕學姊的負擔，接下來是整排的石階樓梯，身為社團唯一的男性還是相當有自知之明的想體貼學姊，他們沒聽到前頭兩人的對話。

葉雨荷微微一笑，她知道他要的既不是安慰也不是敷衍：「因為阮……是一群戇人啦，因為尚愛看布袋戲，所以加入這个社團，今年若是沒人加入，阮這个社團就必須要散啊。」

他靜靜的聽，沒了鳥類的氣息與鳴叫，她的聲音格外嘹亮柔和。

「你的出現，對阮來講是機會，社長希望藉著你的力量，乎閣較濟人看到阮，看到唯世大學布袋戲研究社。」他的視線遠望，石益宏已經背上那黑色方形袋並一步步踏上石階，「閣再講啊、別說佔你便宜，現在還閣無法度保證這方法有影有效，你的等候對阮就是必要的條件。」

「所以，咱才會來此。」

「無錯，規欉好好。」葉雨荷很喜歡這句俗諺，因爲沒有砍掉，所以整株好好的，既俏皮又顯而易懂的形容。（以「砍柴」的「剉」tshò 諧音「錯」字）

前方上坡轉彎處豁然開朗，有別於蜿蜒小路、眼前視野平緩開闊，不遠處有往上的石階路段與石椅，這場地對他們來說已然足夠他們的秘密練習。

花芊雯撥了撥石椅上的落葉，將偶袋置放於其上後，頗有社長氣勢的宣布：「接下來就照我昨天說的，蒼鴞絕藏，麻煩你盡情施展你的絕學，我們會選哪些招式適合做爲舞台上的表演。」

※※※

花芊雯的提議，是希望他在下禮拜的社博舞台上出演，招式也好、舞刀也好，並且錄影下來，經由社群平台想辦法找到君岸並寄給他，外人看來就像是角色扮演，但誰也不會想到眞實是角色成爲現實中的本人，但如果是他的創作者看到神似筆下角色的人呢？必定不會不在意，花芊雯賭就賭在君岸是否認出那就是角色本人。

最初，蒼鴞絕藏是反對的，他是殺手，非是戲子。

直到石益宏的這番話，才令他改變心意。

「你看阮就知，這個世界無一人有你這等能爲。」石益宏一聽便知道花芊雯的算盤，對社團有益的話他也是全力支持，「如果你能使出阮從來毋捌看過，但確實屬於你的武功招式，必能引來君岸的注意。」

「甚麼意思？」葉雨荷沒能理解。

「蒼鴞絕藏比較常用的招式例如『黃泉一夢』、『一念之間』、還有那個很難念的『橫上陵風刀迴影』，這些都是展現在正劇裡的。」這句石益宏是用中文說的，「你覺得編劇在編寫一名角色時，會把所有的人物設定都用上嗎？不會，因爲爲了正劇的篇幅一定有所刪減，他一定還留有只有作者才知道的隱藏招式。」

「……此乃佈局？」

身爲殺手，組織派給他的骯髒事幹了不少，然而本性耿直的他，最痛恨躲在幕後、能靠著他人而不弄髒自己手便達到目的的陰謀家，尤其在經歷背叛後更是如此；這句話出口時，他想起那既是上司又有再造之恩的師尊，不禁苦笑，他就是太過愚蠢才看不清那人。

「無算是，但我喜歡這个詞。」石益宏戲謔一笑。

要知道啊，他在風雷布袋戲裡最喜歡擅長謀略的智角了，上陵刀老的策劃，以多年觀劇的心得下，在他看來只能算預料之內，劇情中規中矩。

然而蒼鴞絕藏大部分的刀招、或者是習自幻族的招式，都有著直取人命般的危險性，他們現在隱密的來到此地，就是想好好檢視哪些適用於表演上、哪些絕不能使用。

布研社成員爲了不打擾而退至邊緣，屏息以待，空地中央是已換上原本衣著、提刀獨自佇立的蒼鴞絕藏，他隨時都可以開始，這令他不禁回想起出拜師時獨自一人在校場練習的那段時光。

風起，蟬鳴止，蒼鴞絕藏一聲高亢。

曲膝，蹬步，揮刀向前疾步而踏，鷹蒼刀在他手裡彷彿是具有自我意識的蛟龍一般靈活舞動，轉眼間，刀路已過數十招。

由於這只是試招，他只將動作做滿做穩，並無催動內力，但長年劃過敵人首頸、捅刺對手心窩的鷹蒼刀依舊在周圍樹幹上盡忠職守地留下顯明的刀痕，掃動一地的落葉。

手一鬆，鷹蒼刀違反地心引力的在主人身側高速迴轉數圈，蒼鴞絕藏心念一動，反手準確的握緊刀柄，一招將起。

三人連呼吸都像是忘記一般的目不轉睛。

蒼鴞絕藏身邊憑空出現鳥型黑影，數量之多彷彿要將他拖進黑暗吞沒，尖型鳥喙全部直指蒼鴞絕藏的心臟俯衝而下，葉雨荷忍不住大叫：「絕藏！」

她一度以為是不明攻擊，但下一秒她發現她多慮了。

鳥型黑影快，蒼鴞絕藏身形更快，鷹蒼刀揮刀直劈，眼前黑影被劈成兩半後在空中消散，足尖一轉，隨後又是另外一刀劈砍後方鳥影，環繞在他身邊的黑影全無，就像是老鷹將獵物全數擒抓獵食一般。

收刀，吐納氣息，蒼鴞絕藏靜靜看著消散的黑影，暗自感嘆方才似乎還不夠快，自從來到這個和平的世界，感官似乎也遲鈍了許多，熱烈的鼓掌聲伴隨不同音調的驚嘆打破他的自我省思，三人的反應反而讓他措手不及。

「厲害！那招是什麼？你有看過無？」石읎宏走上前興奮的說，最後一句他是轉頭問葉雨荷的。

「我沒看過！這應該會使用在表演。」同樣身為風雷戲迷的葉雨荷很高興這麼快就可以順利找到可上台表演的招式。

「遐的鳥仔是甚麼？你變的？」花芊雯邊說邊舉起不知何時拿出來的照相機，「拜託再來一次，我想拍下來。」

「三位，冷靜。」他又想起昨晚兩人自我介紹的混雜場面，奇怪？明明葉雨荷一開始在他面前展現的沉穩去哪了？難不成這三人作夥時候都如此的瘋狂？「花姑娘猜測無誤，黑鳥是吾所變，此乃幻族族人特殊的異能，汝等方才所見，是幻族族人的基礎訓練。」

幻族顧名思義，其族之人會使用幻術，小至憑空變幻物品，大至營造幻覺擾亂人心，也形成了幻族特有的武學，「黃泉一夢」便是其代表武學。照蒼鴞絕藏所言，在訓練孩童時，年長者會變出不同的動物攻擊，目的是教導孩童不要受制於眼前的幻術，方才的鳥影，是他平時所作的自我修行。

「高招！確實，阮毋捌看過你私底下的摸樣。」布袋戲的劇情大部分專注在主線，角色的日常輕鬆情節相對稀少，「不過我們要怎麼唬弄過去？」石읎宏反問花芊雯，他可不認為

單單用魔術這種曖昧的答案就可以騙過觀衆。

「嗯：我們派一個人在下面假裝丟東西到台上，就說這些鳥其實是紙……如何？」

「或者請他變成其他動物？」

「我偏好鳥耶，剛剛的視覺效果就很好。」

石錳宏與花芊雯討論熱絡，就在蒼鴞絕藏坐上石椅想閉目養神時，葉雨荷拿著鐵製長杯至他的面前：「辛苦你了，喝一點止嘴乾吧！」

他道謝接過杯子，驚訝的發現這鐵製杯子竟還保有餘溫，少女解釋道：「這杯仔有恆溫的效果，所以才會是熱的。」

淺嚐一口，淸香且帶有水果氣息的茶香竄入鼻尖，「這是？」

「你昨昏沒飲到的碧螺春，我重泡一壺。」

昨晚他只送她到陽台後就跳下樓與石錳宏他們會合，不久她的父母也已回到家，葉家一家之主還以爲桌上的那壺碧螺春是女兒爲了體貼晚歸的父母親而泡的，很開心全把碧螺春送到自己的五臟府去祭拜。

聽出葉雨荷語中的惋惜，蒼鴞絕藏眞誠的道謝：「多謝，勞煩葉姑娘了。」

「就說叫我小荷嘛！」抱怨的語句掩蓋不了上揚的嘴角。

或許是感應到危險的氣息消失，又或許是山林裡的寧靜，蟲鳴鳥叫聲漸漸又回到了他們身邊，蒼鴞絕藏低頭看著保溫杯沉思，直到這個當下他才眞正的感到放鬆與熟悉，即便身旁不是最爲熟稔的友人，但有了這杯碧螺春，足矣。

「對了，尚未向你介紹他。」葉雨荷因忽然想起某件事而舉起拳頭輕敲手心。

「何人？」難不成還有第四名社員？

「一位你熟悉閣無遐爾熟悉的人。」

他在蒼鴞絕藏存疑的目光下，雙手抱起頗有重量的黑色偶袋並且打開內容物，金色瞳孔在看見熟悉的藍衣時瞪大，他愣愣地看著葉雨荷將包裹住頭部的氣泡紙取下，隱藏在那之下的天藍眼眸與他四目相交，他強忍著想抱住他的衝動，喚出名字的聲音蘊含著太多太多的思念與懊悔：「風凝泉……！」

與本人相比更爲稚嫩光滑的面容，無神但直盯著他的藍眼，熟悉的身姿、看慣的衣著，毫無疑問的是風凝泉，然而只到他一半的身高，以及需要姿勢架才能支撐的偶體，再再提醒他那只是有風凝泉外表但無摯友靈魂的空殼。

「爲何？」是不是因爲甫喝茶？他的聲音嘶啞的連自己都感到陌生。

「這是社團的尪仔，今年扗來的。」

唯世大學的社團每學年都會向學校的課外組申請社產補助，音樂性社團會申請音箱、喇叭等，美術性社團會申請昂貴的油彩或畫紙，布研社則是申請戲偶、偶袋或是姿勢架，當然學校不會每一項都補助，每年的申請都得看會不會過，以布研社的情形來看，去年只申請到姿勢架，今年比較幸運，送來的是風雷布袋戲的官方偶，至於爲何是風凝泉這名角色？純粹是在申請志願表當中最爲便宜的官方偶罷了，而且風凝泉在正劇裡比蒼鴞絕藏還要早出場，所以也比較早上官方的販售偶單。

「有些主人會替自己的尪仔取名，驚說共本尊角色分袂清。」葉雨荷將食指探入偶體，直到碰到偶頭內，她的整隻右手成了這尊風凝泉的支撐點，並且說：「他也有名，阮叫他青風。」

「青風……」

葉雨荷有些艱難的試著將右手的無名指與小指套入旁支、也就是戲偶的右手，布料底下是控制右手的鐵環，試了許久依然抓不穩，索性放棄改用右手三指握住，另一手握住戲偶左手的控制桿——俗稱天地同。姿勢全部喬好後，就在蒼鴞絕藏的面前操偶，並且在操偶的同時壓低聲線模仿風凝泉的口白：「好友，久見了。」

他感覺自己呼吸一滯，努力說服自己那不是他，他的好友是人，聲音也沒像她那般四不像。

隔著一尊偶，葉雨荷沒看到蒼鴞絕藏的一瞬間哀傷的神情，她只是有些雀躍地問道：「如何？有像無？」

葉雨荷原本的聲音令他恢復冷靜，他抹去自己異樣的思緒，微微轉頭說道：「全然無。」

「咦！這樣喔！」配合著葉雨荷失望的語調，她手上的『青風』也跟著做出大受打擊的動作，蒼鴞絕藏已然平靜的內心又再起漣漪，「不而過絕藏攏按呢講了，我還是太淺了，唉，我先收起來好啊……」

葉雨荷話說到一半語句停留在舌尖，蒼鴞絕藏做了令她完全無法反應的舉動，他大手一揮，將青風、將那尊風凝泉環抱住，連帶地，她的右手無法動彈，兩人之間的距離近到甚至可以清楚看見他的髮旋，但她看不見他的表情，蒼鴞絕藏一向沉著冷靜的俊臉埋在青風的肩頭上。

這令她想起劇裡蒼鴞絕藏絕望的抱著風凝泉屍體痛哭的那一幕，她一句話都說不出口，鬼使神差地，她動了動左手，青風的偶手也跟著動作，她輕輕地拍了拍蒼鴞絕藏的頭，無聲地安慰。

是葉雨荷在安慰蒼鴞絕藏？抑或是風凝泉在安慰他，他不知道。

他只知曉，即便是偶、即便不是活物，對於能再見好友一面，終究是懷念的。

「有了！」花芊雯忽然的大叫，將葉雨荷與蒼鴞絕藏喚回現實，也分開了兩人。

葉雨荷抽回左手，輕撫心跳劇烈的胸口，當花芊雯回頭望向他們兩人時，蒼鴞絕藏已找回平時的沉穩。

「安、安怎？」她的聲音還有些不自然的尾音上揚，但走向他們這邊的花芊雯與石㿻宏沒發現他們的異樣。

「阮兩個在討論要怎樣做表演會較精采，結果想到了。」石㿻宏說。

花芊雯似乎很期待兩人地回應似的詢問她與蒼鴞絕藏：「小荷，你要不要跟絕藏一起上台演一場武戲？就用這尊偶如何？」

如果是幾分鐘前的葉雨荷，她一定會毫不考慮就答應，也會極力說服蒼鴞絕藏。

但現在，她沒那麼肯定了。

「咦？」只得發出連續衝擊後呆然的疑惑聲。

第五章

將新買三天的牙膏牙刷以及換洗衣物放進借給對方的背包裡，當然這些都是另外他陪著蒼鴞絕藏去超市或學校附近的小型賣場買的，支出的費用由布研社的三個人平分，這點似乎一直讓他很不好意思，但他覺得這沒什麼，撇除本身有在打工的葉雨荷，為了從風雷布袋戲世界來的客人，這點小錢不算什麼。

石益宏又多塞了幾包泡麵才收尾，並轉頭對靜靜等待的蒼鴞絕藏說：「用好了，我有多準備不同的口味。」他突然覺得自己很像幫要出遠門的孩子整理行李的家長，但在蒼鴞絕藏點頭淡淡一笑後瞬間又覺得值得了。

「多謝，石公子。」他身穿花芊雯為他準備有連身帽子的薄長袖衣與黑長褲，一頭銀輝髮絲紮起優雅的低馬尾，若在街上行走，十人擦肩而過會有十人回頭並誤以為是異國來的留學生。

在開學以前，他們有件事必須先行解決，現在是禮拜六的傍晚時分，租屋處的兩名室友明天就會回來入住好迎接下一學期的課程，他必須在那之前整理好並且不被發現有其他人生活的跡象，而且他的房間讓給兩個大男人同睡終究還是太過狹隘，當然客隨主便的蒼鴞絕藏不曾表示過什麼，有地方能寄住就很感謝了，但石益宏就是覺得遺憾，不然他也很想與之深交。

不知道中文仔想出說服他爸媽的理由了沒有？少年心不在焉的看著蒼鴞絕藏以不甚流暢的姿勢背起背包，並且到玄關套上棕靴，關於鞋子他則是完全不想嘗試球鞋、拖鞋等清涼的款式，對他來說原本自己的那雙才有眞正的保護效果，雖然石益宏很想吐槽在這個世界眞的不會遇到什麼危難，但還是予以尊重。

兩人現在欲往葉雨荷的家裡，夏天的傍晚太陽依舊頑固的不下山，即便穿著短袖短褲，失去冷氣涼風的石益宏一出門走沒幾步路額上就浮起一層薄汗。

「是說、你之後甘還有感覺到自己變回尪仔？在睏的時候。」這也是葉雨荷要求石益宏多多觀察的一點，有時候他半夜爬起來上廁所時會看看他會不會在睡夢中變回戲偶。

「毫無印象。」

「嗯……這樣看起來，第一天晚上會雄雄變回原樣，果然抑是因爲官方的公告。」他一邊點開手機確認官方臉書的發文動向，一邊推論，從那天後官方沒再發劇情相關的公告或文章，倒是新周邊的廣告倒是有持續公布，單從片面資訊還是無法看出官方對於蒼鴞絕藏本尊失蹤一事到底有何作爲，片子的失誤也依舊只有那天晚上發出的那則而已，反而是戲迷的討論較熱絡，甚至還有人發起討論串詢問是否會因這重大失誤而退坑等等發言，這讓身處事件中心的石益宏反而感到保密的責任心。

「汝等所說之官方，到底是何來歷？爲何創作阮？」

那天他尚不熟悉葉雨荷的住處，走過一次後這次他選擇帶他走公車的路線，在公車進站時，蒼鴞絕藏的這個問題讓他思索了一陣子才回答。蒼鴞絕藏似乎已經接受他的世界是建構在某人、或者說某一團體所編撰的筆下。

「應該這樣說啦，台灣檯面上製作布袋戲戲劇的公司就那幾間，風雷布袋戲是其中一間，他們寫劇本、拍戲、創作一个又閣一个有魅力的角色，爲的就是欲吸引更多人收看，藉此賺錢，以求生活。」石益宏邊刷悠遊卡邊回答，他跟司機表示要用團體票於是又再刷了一次，他帶著他做最後一排的位子，省的周圍的人一直專注於盯著絕藏異於常人的灰髮看。

「你意有所指，這是他們生存的方式？」蒼鴞絕藏似乎不以爲然，他正適應著這種明明沒有馬、卻不知道用何物爲動力的交通工具，搖搖晃晃的感覺並不好受，「阮只是他們的棋子？」

聽出蒼鴞絕藏話語裡的不滿，該怎麼說比較不會引起他的反感？但他說出口的話仍是：「我無反對這款說法。」

與其掰出善意的謊言，此時打開天窗說亮話他認爲是上策，卽使這會令他拳頭緊握。

「實話講，若不是因爲你的身體是本尊的尪仔，我其實無希望你轉去。」

這話令他細眉深鎖：「何以此言？」

「啊……」此時他才意識到自己嘴快，這想法很明顯與花、葉兩人的意識相左，但看見絕藏的金瞳直盯，他也不選擇隱瞞了。

「這是我個人的發言，請別見怪，我們還是會遵守約定。」

「無妨。」

得到這句首肯，石益宏不再保留：「我只是在想，你回去了後，是生是死。」

公車一陣急煞，石益宏因慣性作用身子向前一傾，蒼鴞絕藏眼明手快的撐住他的前額往後帶，讓他不至於撞到前方的椅背。

「喔、喔，多謝。」他繼續說：「絕藏，我看過第三十集一開始的影片，我無感覺你會活。」

當編劇的要將筆下的角色賜死時，絕不猶豫容情，學姐花芊雯常常揶揄道，喜歡看布袋戲的心中都有一定準則，因爲不知道喜歡的角色何時會退場，石益宏持百分之百的認同。

面無表情的側顏看不出一絲動搖，石益宏語氣越發激動：「你回去也只是送死爾爾，因何無愛把握難得的機會，留在這個世界好好活下去？就算你去找君岸拜託他改變你的命運也是徒勞……」

蒼鴞絕藏猛然回頭，少年以爲他說得過份了而惹怒對方，內心一驚，之後卻納悶的發現比實際年齡稚嫩許多的俊臉只有困惑神情。

「怪哉，石公子爲何共葉姑娘說同款的話？」

「啊？」這話是什麼意思？

對於反方意見能迅速解出最佳應答的聰明腦袋此時派不上用場，公車廣播下一站進站的名稱，驚覺已經到站了，「啊！下車！下車！我們要下車！」

眼睜睜的看著公車門無情的闔上，石益宏正想衝去拜託司機時，蒼鴞絕藏單手扣住他的單肩，眼前瞬間像看到壞掉的幻燈片一樣閃爍，還沒搞懂發生何事便先感到腳下踏實的踩在地上，隨後是呼嘯而去的公車，側面似曾相似的側面橫幅廣告提醒他那就是剛才他們所搭乘的車子，眼球細胞傳達給腦部的資訊才終於讓他明白他們兩個已經下車了。是蒼鴞絕藏的瞬間移動，這在劇裡也常看過，親身經歷才知道有多麼的方便。

「走吧。」而出手的那人可能是習慣呆若木雞的反應了，憑著卓越的記憶力往葉家的方向走。

「喔、好。」石益宏也因此錯失了詢問方才那句話的時機。

要如何說服自己的父母讓一名素昧平生的人借住多出來的客房呢？葉雨荷很頭疼，有鑑於自己的父親也愛看布袋戲，雖然父女倆看的作品並不相同，她曾想過要不要打開天窗說亮話，直接告訴絕藏的眞實身分，但她決定將這一步作爲萬不得已的最後選擇。

她從前天晚上開始就有意無意地暗示可能會有朋友需要借住她們家，出乎意料的，母親倒是很爽快的說一句「好啊」，然而問題在後頭，當她詢問對方是男是女、打算借住幾天時，葉雨荷只能打哈哈的轉移話題。前者還好回答，後者她眞的也說不準，誰知道萬一他們的計畫不順利、君岸根本沒已讀訊息、蒼鴞絕藏是否會因不明原因消失等等的隱藏因素實在太多了。

昨天晚上葉雨荷把心一橫，搬出她模擬許久後最可行的理由「䀹宏他家水管破了，他的室友同時也是她的朋友想拜託來我們家借住一個禮拜」，母親在聽完後細眼微瞇，尤其知道那名借住的某人是男性後，只淡淡地說了一句，請他跟石䀹宏來到他們家親自見面後再議，時間便約在今天的傍晚。

說到絕藏，葉雨荷想起前天當花芊雯在山上的提議時——

「好。」意外地，他答應了。

她還沒反應過來他回應了甚麼，石䀹宏接著又說：「那按呢我來配口白好啊，配風凝泉的聲音，恁兩人規氣一个扮絕藏一个扮風凝泉，演其中一段劇情？」

等等、她覺得蒼鴞絕藏的畫風轉變太快，她像是腦袋卡殼的轉不過來：「爲、爲什麼？」

以爲葉雨荷是在詢問這項提議的理由，花芊雯靦腆的說著：「因爲我想說我們的社偶跟社員還是要上台演一下比較好，太過依賴絕藏也蠻不好意思的。」

「剛好我們社裡也有絕藏朋友的戲偶，兪宏負責口白，妳負責操偶怎麼樣？」

能跟夢寐以求的本命同台演出，實爲美談，撇除自己的私心不談，方才蒼鴞絕樣的舉動令她感到相當在意，他彷彿是透過青風在緬懷風凝泉，思至此，她毅然決然地答應上台。

不過這個提議也有其特殊的走位以及演者的協調，舞台上演出布袋戲觀衆只需將目光放在戲偶的身上，但他們要做的是人與戲偶之間的互動，如何不顯得突兀與順暢則需要討論與練習。

尤其當蒼鴞絕藏提議演他跟風凝泉第一次見面及對峙時的片段，葉雨荷手抖了抖，在她手上的青風也大幅度地晃動，證實了她心中所想。

哪怕只是戲偶，他都希望能再與好友相聚。

於是他們接下來的每天都到那座山上的空地排練，有鑑於其中一位表演者便是當事人，他可以說是最清楚如何操偶才能表現出風凝泉的幽默、說話口吻、以及動作，小至搖頭時的晃動，大至口白一個字念錯都會被蒼鴞絕藏糾正出來，而令花芊雯感到慶幸的是，兩位學弟妹像是被激起了鬥志，決心將這小小的社博表演做到完美，而這幾天花芊雯則在社團的粉專大力宣傳，無論是練習時的側拍圖，或是預告說他們即將帶來的表演，當然她都有注意不讓蒼鴞絕藏在鏡頭前曝光，不同的社群網站她都發過一輪，也拜託她在布袋戲同好圈子裡的人脈多多分享貼文支持，爲的就是創造讓表演主無後顧之憂的舞台，也是盡全力回應後輩與蒼鴞絕藏的努力。

但花芊雯有所不知，葉雨荷會這般努力，其實是只希望能藉由她的手、就由這尊偶，在蒼鴞絕藏的面前，重現摯友的身姿。

電鈴聲將葉雨荷從回憶之中拉回現實，石益宏與戴上連身帽的蒼鴞絕藏出現在門後，「歡迎！」她開心的說著便請他們進門。

「攪擾。」

經過她身邊的石益宏小聲地在她耳邊詢問：「所以你爸媽願意讓他住的可能性高嗎？」

「我也不知道，反正就見招拆招。」

「也太沒把握了吧！」石益宏吐槽道，不忘了壓低自己的聲量。

她帶著兩人到客廳，請他們先坐在沙發上，從廚房裡看到一道人影對葉雨荷喊著：「請他們先坐一下！然後把茶拿給客人喝。」應該就是葉雨荷的媽媽了。

「好！」

石益宏放眼望去，葉家屬於三房兩廳的格局，坪數不大但因爲廚房餐桌與客廳相連，使空間看起來有開放感，而電視機兩旁櫃子裡則擺滿了各家布袋戲的劇集與周邊收藏，對於葉家人的興趣可說是一目瞭然。

「我爸常說，如果櫥窗櫃裡再擺一尊偶的話就圓滿了。」葉語荷捧著托盤並將茶杯放在面前的桌上，「請用。」

清脆的開門聲想起，最裡頭的房間走出一名中年男子，藏在眼鏡下方的眉眼神似葉雨荷的大眼睛，一看臉便知道女兒遺傳父親那方較多基因：「歡迎歡迎、啊……是哪一位要來阮家借住？」葉爸爸操著一口更加流利的台語，好客的說。

石益宏連忙站起好聲好氣的打招呼並自我介紹，蒼鴉絕藏隨後站起點頭致意，他被吩咐說盡量保持低調，溝通與協調石益宏拍胸保證由他負責就好，他只要注意不要讓自己的尖耳被看見就好。

「請坐請坐。」葉媽媽也從廚房徐步走來客廳，如果說葉雨荷眼睛以上像父親，那眼睛以下包含鼻子就像母親了，兩人分別坐在另一側的沙發上，有些魚尾紋但不失堅毅的雙眼直盯著兩名少年說：「你們的情況我大致上知道，但問題是你會住幾天？」母親這句話是對著蒼鴞絕藏說的，葉雨荷留了一把冷汗。

石益宏覺得自己似乎看出在葉家當中哪一位長輩的話語較有份量了，「房東說一個禮拜內一定會修好。」

「萬一修不好呢？」

「到時也絕不會麻煩到葉媽媽。」石益宏斬釘截鐵地說著，不管了，反正現在就是要努力說服她。

而中年女子似乎對於這樣的應答感到滿意。

反倒是將對話主導權交給妻子的葉爸爸看到戴著帽子的蒼鴞絕藏，愈發地感到困惑，怎麼覺得好生熟悉？

葉媽媽又問了一些問題，石益宏都答得有模有樣，毫無破綻，葉雨荷心想：不愧是口傳仔，如果是她可能就會被自家母親是破謊言而露餡。

直到當她問起始終不說話之人的名字時，她親愛的父親突然語出驚人死不休：「啊！我想起來啊！你生做真像彼个……彼个……風雷布袋戲內中的一个角色……」

「爸！你在說什麼啊。」平常叫你陪我看布袋戲，你都說沒空，我還以爲你都沒補劇，怎麼這時候腦袋就這麼靈光？心跳漏一拍的葉雨荷出聲想打斷自家父親再繼續深思。

原本低頭的蒼鴞絕藏卻毫無預警地拉開連身帽，在所有人驚愕的目光之下露出眞面目，「抱歉，葉姑娘、石公子，由吾來吧。」

從坐他兩旁的角度能清楚地發現，珀金色瞳孔漸漸染紅，與之四目相交的葉家父母神情恍惚，「葉府主、夫人，感謝你們的幫助，請多多指教。」說完後蒼鴞絕藏微微欠身。

接著兩人像是什麼事都沒發生一般，緩緩起身接著就回到房間，留下一頭霧水的兩人與蒼鴞絕藏。

「你……做了什麼？」

「吾用幻族術法改變他們的認知，踏出門外，他們袂想起我，只有在這个空間，他們會想起蒼鴞絕藏在此暫居。」

「……這敢是洗腦？」雖然成功達成目的，但自己的父母被這種術法給控制令葉雨荷感到不悅。

「非也，吾沒改變他們的思考，只是乎他們習慣『吾』的存在。」少女微嘟著嘴，他老實的道歉：「抱歉，吾應該先告知汝等。」

石峹宏打圓場：「哎呀，終歸是好的結果就好，我欲先來走啊。」他起身準備走向玄關。

「啊、我送你。」

「免啦，他就拜託你照顧了喔！明仔載要會記得來練習喔。」石峹宏走出門之前時，手指忽地捏了一把葉雨荷的臉頰，小聲地說：「你就別氣了，他這麼做對妳我也比較輕鬆。」

這倒是實話，尤其不用在父母面前戰戰兢兢只怕拆穿。

葉雨荷摸了摸被捏得微紅的臉頰肉，兩手一拍，轉換心情得對蒼鴞絕藏說：「走吧！我帶你去客房。」

他們家的主臥室在進門後客廳的右側最裡頭，而客房與葉雨荷的房間則是在主臥室的對面兩間，上次絕藏走出她的房間後，便直奔客廳的陽台跳落，他到現在才看仔細這個家的格局。

「這是你的房間，我的房間就佇隔壁。」這間房間跟葉雨荷房間的格局差不多，一床一書桌一衣櫃，差別在於這房間作爲客房使用，房裡倒無太多有人生活過的跡象。

「多謝你。」

「對了，你吃晚餐無？阮家等咧就會煮好飯，欲同齊吃無？」

「不勞費心，石公子予我這。」他從後背包拿出盒裝物，定睛一瞧才發現是某知名品牌的泡麵，而且還是牛肉麵口味的。

葉雨荷嘴角抽了抽，黑了半邊臉說：「泡麵吃太多對身體無好喔。」

「嗯？但石公子這幾天都吃這……」

葉雨荷聽到自己理智線斷掉的聲音了。好你個口傳仔，你吃泡麵就吃泡麵，沒事幹嘛帶壞絕藏，她湧起了一股母雞帶小雞的保護心態。深吸一口氣，兩手重重拍住絕藏的雙肩：「阮母啊努煮吃，你就試看覓，吃完若是很餓，你再吃泡麵，好否？」

礙於少女有別於平時的威壓，何況還是在別人家的屋簷下，蒼鴞絕藏覺得此時欣然接受她的美意爲上策：「嗯。」

尤其是當她連想葬了石盆宏的危險心思都有了的時候。

※※※

晚膳正如同葉雨荷姑娘所說的那般美味，他雖然利用術法讓自己自然融入這個家的風景，葉府主與其夫人甚至還會親口詢問他飯菜合不合口味。雖然這樣想似乎有點枉費葉雨荷的一番美意，但一家人圍繞木桌享用並閒話家常這樣的平凡的時日，似乎不斷提醒他好幾年前也曾擁有過溫暖的家庭，疼惜他的爹娘也曾如此和樂融融，而今，他已想不起來雙親的面貌，猶記幻族慘案那年時，五歲的他逃過一劫。現在回想起來，應是幕後黑手的師尊特地留他一命，尤其在知道這是早已被安排好的寫本時，再如何心平氣和，也不忍將目光移開太過耀眼的葉家人。

他在過度柔軟的床褥上清醒，一方面揉捏睡得發暈的太陽穴，一方面暗自反省自己實在過得鬆懈。

身爲殺手，淺眠是走跳江湖的自保原則，自從來到這個奇怪的世界後，他的睡眠越來越往深層潛入，甚至連續好幾天開始做起同樣的夢。殺手不該作夢，尤其是與幻術爲伍的幻族更是將夢視爲預知與其信仰，習得幻族術法之人若練功練到走火入魔，幻族人相信，總有一天會在連日噩夢裡悄悄地被死亡帶走，因此特別忌畏夢境，但若德高望重的幻族長老或有實力之人發夢，則會被解釋爲能趨吉避凶的預知夢。

以蒼鴞絕藏的夢境來看，他認爲這應該不是噩夢，是否爲預知夢也很難說，會清醒純粹是因爲他終於意識到夢裡的自己是以什麼樣的視角窺看夢境。

夢裡的他很明顯不在原本熟悉的世界，眼前盡是穿著像極了石益宏短袖上衣與長褲的人們，在白色長廊進進出出，他的視線上下晃動的緩慢前進，而且這視角的高度只有他平時身高的一半，被限制的視線與不停在白色長廊徘徊的夢令他煩躁，最詭異的是每次夢的結尾都會以追逐某人身影的視線作結。起初人影模糊到連性別都認不出來，相同的夢境後來在每個夜晚準時造訪他之後，他漸漸看清楚夢裡那人的面容，矮瘦、弱不禁風的纖細男子，配戴眼鏡下的雙眸眼裡沒有他，套用蒼鴞絕藏熟悉的話語描述的話，就是毫無武力的文弱書生，並且會在路上因強匪突襲橫死路邊的可憐人。

他也不明白為何自己會夢到毫不認識的陌生人，只知道無論是不斷重複的夢境，或那個人，都令他心底油然而生一股焦躁感與煩悶，所以對夢境那人下了極不客氣的評語也是情有可原。

蒼鴞絕藏下床並且靠著極佳的夜視能力走到房門口，既然清醒了那乾脆起身潤潤喉、或者是冥想好了，這訓練本該是他的每日課題，也因為來到這世界後怠惰而疏於訓練。

他走在大理石的冰廊上，夜幕從落地窗探進，將客廳染成藍黑，但在他看來，比起原本的世界夜幕依舊沒那麼的暗沉，或許是因為即便入夜了，外頭仍然有路燈照明的原因。

身後長廊盡頭突傳緩慢的腳步與跟與他發出同樣的開門聲響，蒼鴞絕藏雙眸閃現一絲殺意，但又瞬間消退，這裡是葉姑娘他們家，他一方面慶幸自己尚未失去殺手本能的反應，一方面又暗諷自己小題大作。

放下長髮的少女似乎仰賴燈光的補助，葉雨荷揉著惺忪睡眼從光幕中走出，對焦好的雙眼捕捉到佇立在客廳的蒼鴉絕藏時，困惑的皺了眉頭：「嗯？絕藏你哪會無睏？」

「眠夢到一半精神。」蒼鴉絕藏沒打算告知她關於夢境的事，徒增對方麻煩，「抱歉，吵到妳。」

「沒啦，其實我嘛睏無好。」但她實在說不出是因為想到蒼鴉絕藏就睡在隔壁房間而興奮到睡不著這種理由，畢竟就只隔了一面牆而已，不過兩人同時睡不著著實巧合，該不會是來到新環境的適應期吧？那這樣身為主人，就算是在深夜，她也得好好招待才行。

葉雨荷輕手輕腳的打開廚房的冰箱門，拎出兩罐罐裝飲料，似乎明白女孩心思的蒼鴉絕藏拉開落地窗走向他那天晚上跳出的陽台，並抬手施了個靜聲術法以免打擾到葉府主及其夫人的安眠。

「雖然說，最好是莫佇半夜喝酒，毋過我想，你應該猶未飲過這世界的酒？」

「石公子說是啤酒，苦，無甘。」啤酒似乎不合他的舌頭，但他還是接過葉雨荷給他的那罐並扣起拉環，看來石益宏已經告知他該如何喝罐裝酒了。

「受不了，口傳仔眞的教壞囡仔大小。」在她不知情的情況下，他竟然已經學會泡麵的吃法與飲酒，哪天他說想吃速食食品她都不意外了。

「我不是囡仔。」來自殺手的嚴正反駁。

「我知影，只是有這款感覺。」

「你不喝酒？」他注意到兩人手上的飲料分別爲不同的包裝，他的那罐寫著「啤酒」的字樣，葉雨荷手上淡藍色與潔白的包裝寫著他看不懂的文字。

「這叫沙瓦，我不敢喝啤酒，怕苦，酸甜酸甜的沙瓦對我來說拄拄好。」

晚風吹拂，蒼鴞絕藏的嗓音似乎隨時會消散在夜空中，若即若離：「苦中甘、甘中苦，酒苦，人心更苦。」

夏季夜風吹動他的髮絲，在黑暗中灰髮隱隱閃耀著光輝，葉雨荷再度想起了風凝泉，痛失摯友會是蒼鴞絕藏心中最苦的那一塊嗎？

「石公子伊……」一向直言的他欲言又止。

「嗯？」

「伊說，就算找到君岸，也無法改變吾的運命。」他轉頭，夜幕下的金色瞳孔宛如鷹鳥般的直視她，「吾從未講過，吾想改變的是自身的故事。」

她曾經在蒼鴞絕藏的面前說過她比他所想的更了解他，是、但也不是，這是蒼鴞絕藏第一次在他面前說他自己的事，以往他可能認爲葉雨荷都知道他的經歷、他的背景、他的結局，但那其實也侷限於編劇以及導演想呈現給觀衆的有限劇情而已，如今本人就在她面前，爲何都沒有試圖去理解眞正的他呢？

而今他拋出了話題，這又會是另一場試探嗎？

「汝等皆認爲，君岸有改變運命的能力，但殺手戰死江湖本就該然，無所畏懼。」

他的生死觀是她所無法想像的豁達，但那晚的他相當執拗，無關乎自己的死亡，然而依舊想要尋找他的創作者的理由……

回想起這幾天的他，當他情緒表露時唯有一特定的人事物。

葉雨荷抬頭，本該是問句她卻以篤定的口吻訴說：「你想欲挽回的……是風凝泉的死？」

回應她的，是隨時都有可能隨風而逝的淒然苦笑。

※※※

唯世大學開學第三天，同時也是社團博覽會的第二天，今日的人潮不減反增，因爲今日下午有學生們的共同空堂，也因此課外組才將社博的表演訂在今天。

她不過是想去學生餐廳買頓午餐而已，就被人潮擠得水洩不通，只因主要道路上全是熱烈爲自己的社團宣傳的學長姐們，她不知不覺也被塞了滿懷的宣傳單。今年剛升到大一的少女嘆了一口氣。

當然她不是沒有考慮過參加有興趣的社團，但她一直沒有比較凸顯或明確的興趣，以至於每個她看到的社團似乎都覺得「加入這個社團似乎也不賴」的想法，再者，接下來的大一生活似乎也可以考慮啦啦隊、系學會或是系上的活動，班上有些同學甚至表示沒打算加入社團，該如何充實自己的大學四年是她最優先思考的事情。

學生餐廳已經沒有空位了，外帶好的便當應該在哪邊吃比較好？她到這間學校才第三天，乾脆到主廣場那邊的露天座位吃好了，她記得今天似乎有各社的表演，說不定會激發起她想入社的意願。

當她走到大樓之間廣場時，舞台下已聚集不少的人海，她花了一點時間才順著人潮走到露天座位區，一對學生情侶剛好用完餐離席，她趕緊坐下，努力帶動現場氣氛的兩位主持人比表演者還賣力地拿著麥克風進行換場前的開場，她眼尖的看到從後方的走廊走向後台幾位學生，其中有兩人特別的顯眼，一人不畏炎暑、全身上下披著黑色斗篷，連面容與性別都看不清，另一人是手上套著大尊布袋戲偶的長髮女孩。

此時主持人已結束快要無法接續的開場，介紹下一組表演的社團：「接下來讓我們掌聲歡迎本校唯一還保有傳統藝術的社團，如今沒有半個人入社恐怕會非常不妙的布袋戲研究社，今年的招生就看這場表演了！」把別社的困境這麼毫不隱瞞的爆料出來眞的沒問題嗎？少女心想。

那方才那幾個人就是布研社的成員？既然是布研社那他們上台應該就只能表演布袋戲吧，毫無興趣的人感覺上就會想離開了，果不其然有些原本站在靠近舞台的同學們紛紛掉頭走人，十分露骨的拒絕觀看，不過想想也是，大部分的人若提及「布袋戲」這三個字的同時，腦海裡浮現的應該是廟口前演出的野台布袋戲吧？在台北市尤其稀少，對年輕人來說又是更加遙遠、疏離，甚至可以說是老派的形象。

至於爲什麼她會這般清楚，是因爲她也曾經接觸過布袋戲，前一陣子在動漫界與布袋戲圈引起話題的台日合作的布袋戲劇，由日本知名編劇撰寫劇本，並請日本聲優配音，由台灣布袋戲的老字號公司負責操偶與篇片等等製作工程，不同以往的風格也掀起一陣熱潮，她當時也曾經瘋迷過一段時間而更加認識了台灣的布袋戲，但除了這部劇以外她就沒有看過其他家的布袋戲了。

思考同時，手上那雙環保筷在便當的白米上懸空許久不會動筷，還沉浸在沉思之際便被一陣氣勢磅礡的音樂將視線拉回了舞台上。

「啊，開始了。」

隨著背景音樂出場的是她一眼瞄過、那位手持戲偶的棕色長髮女孩，那尊偶幾乎遮蓋了她整隻右手，她從舞台的左方高舉偶闊步登場。

黑髮書生氣息的戲偶輕搖著羽扇，音箱傳來的聲音與他的動作節奏搭配適宜：「各位在場的觀眾朋友大家好，在下是……」他話說到一半，突然像是想起甚麼而僵了一下，並將羽扇遮住嘴部，「啊！歹勢，在下有特殊的身分，無法在此自我介紹，甚是失禮，今日吾與我的同伴將爲各位帶來一場特別的表演，隨在你拍照、隨在你看，最好分享乎你的親戚朋友。」

站在舞台邊緣有一名男學生拿著麥克風，原來如此，台語口白就是由他所配的吧？而且還在舞台兩側設置了黑幕打上字幕讓不熟悉台語的觀眾不至於聽不懂他說的話，各處細節考慮周到，最重要的是語氣幽默的配音加上動作誇大但不誇張的戲偶動作十分有默契，也讓經過的人會投以好奇的目光而停留腳步。

「紲落來的表演，似眞非眞，是幻亦夢，請親眼見證。」戲偶說完這句意義不明的話後就走下台了，那女孩直到觀眾看不見了才縮回舉高的手，背景音樂也換了，算是宣告開場白結束，眞正的表演才要開始。

然而在音樂已然透過音箱播出的幾秒後，卻還無人出現在台前，難道失誤了嗎？底下觀衆也有疑慮的騷動，說時遲那時快，有人突然從台下往台上丟擲某物，台下驚呼聲此起彼落，少女也忍不住站起身拉長自己的脖子，丟上台的是一口裝飾華美的刀，神奇的是，那把刀不是直接插在舞台，而是在觀衆的面前平行高速旋轉，一道黑影突竄，只見那人穩穩的握緊已轉了不知數十圈的刀，並揮出強而有力的弧度，他就像漫畫或是電影裡專門救場的強大角色，披在他身上素黑斗篷隨著他手一揮飄落台前，眞面目示於人前。

舞台上的刀者挺立的英姿，讓人懷疑是否會因高溫而中暑的褐棕長袍，不似染色而成的柔順灰髮，最令人詫異的是那雙只出現在故事當中的精靈尖耳，他的出現本該引起躁動，但先入爲主的觀念牢固不移的深植人心，深信這卽將是一場精彩表演的大學生慢慢地傳來歡呼聲。

「是Cosplay！」

「剛剛那刀是怎麼回事？你有拍嗎？」

「魔術吧？來不及拍啦太快了。」

在場的觀者雖是不認識這位角色，但光是不凡的登場與效果就足夠引起熱議。

隨著又再度澎湃的音樂，灰髮刀者跟著節奏武刀，橫跨一步，他朝前方猛然一劈，少女離舞台有一段距離，但他仍看出因太陽而在刀面反射的白光，不少站得比較前方的學生被他的氣勢嚇到倒退了好幾步，即便知道這只是一場表演，但他每揮舞一刀、每疾踏一足，都像是欲將空氣撕裂般的孔武有力。

方才代表布研社開場的少女與戲偶再度從後台站上舞台，那名灰髮男子身形乎轉，刀尖直指少女，不，正確來說，是指向那尊戲偶的臉前，只稍一吋恐怕就會砍到偶的鼻頭。

「呦呦呦，這位兄臺有何要事？」戲偶像是嚇了一跳一般，邊揮羽扇邊抖了好幾下，操偶的那名女孩也後踏了幾步。

「明知故問，你跟蹤吾許久，有何目的？」灰髮男子頭一次開口說話，冷靜沉穩，他們應該有在那戲服裡藏小型麥克風。

嗯？原來這是短劇形式的表演嗎？少女困惑的想，此時她發現周圍的人潮愈來愈多。

「哎哎哎，說不定咱們剛好同一個方向，要作伙同行否？」明明利刀始終還抵在他面前，黑髮書生卻依舊不改輕鬆姿態。

「哼！無事獻殷勤，非奸即盜。」一聲質疑，出手便是攻擊，引起台下更多的驚呼。

相信大家應該是沒有在認眞看短劇的劇情，許多男性觀衆看見武打場景甚至開始拍手叫好，或是幫其中一邊加油。若是要炒熱氣氛的話，這應該會比方才的主持人對話還要來得成功。

以一人一偶的身高之差本以爲會造成視覺上的落差感，但雙方許是經過多次練習與計算，刀落、人閃，連髮絲都沒被削掉，連雙掌互打時少女也放低戲偶的高度，轉而壓低身子與之對打，少女的操偶雖然並沒有說十分專業，尤其戲偶的動作大部分都以左手爲主，右手幾乎動不太起來，但躲避走位與出掌時機一人一偶卻配合的相當融洽。

「兄臺，兄弟，請息怒啊，唉，無奈啊。」不知道是戲偶本身的造型氣質緣故，抑或是口白的語氣仍泰然自若，少女甚至覺得黑髮書生給人的感覺一點都不緊張，「請幻族殺手別逼虎傷人啊。」

「你果然……！」

接著戲偶使勁往前一推，趁隙逃走了，以觀眾的角度來看其實就是少女抱著偶跑向後台，灰髮刀者見狀想追上，然而台上突然出現異狀，這一段其實她看的也很模糊，台下貌似又有人丟了甚麼東西到台上，那應該是社團派人來當樁腳的，她猜想，因爲那名帶著粗框眼鏡的捲髮少女，同樣穿著寫著「布研社」的社服。

多道黑影包圍著灰髮男人，定睛一瞧才發現是鳥的形狀，嘴喙尖似針的令人膽寒，眾人的尖叫與嘶氣聲四起，只因那群不明黑影將尖銳處對準男人爲中心，俯衝直刺。

「黃泉一夢，幻。」

男子一聲低鳴，他旋身揮刀將那些黑影全數砍落，動作彷彿跳舞一般的行雲流水，不知道怎麼做到的，那些被砍的碎裂的黑影在眨眼之間變成了淡粉色碎花瓣，大刀一掃，灑向觀眾群編織成一幅如夢似境。

少女拿起飄落到她頭頂的花瓣，指尖傳來粉粉的觸覺才發覺是用紙做成的，那麼剛才舞台上所用的黑影應該也是用紙做的，並且再神通廣大的用魔術換成了粉紅花瓣，當然，以她貧瘠的腦袋也只能說服自己是魔術了，不然常人怎麼有可能做到這麼精彩的表演？

灰髮男子將刀負於背後，微微鞠躬。

操偶少女與負責口白的少年也肩並肩步向台上，穿著同樣社服的他們微微喘氣但滿足之情喜形於色，少年舉起麥克風高喊：「謝謝大家！我們是，唯世布研社！」

霎時間，歡聲雷動，掌聲不絕於耳，她也跟著起身用力鼓掌，誰都沒想到不被人感興趣、不被看好的社團，會有如此精湛的演出，她看到有些人甚至已經上傳至圖片及影片分享的社交應用軟體上，台上的三人在主持人的一來一往的對話之間順便宣導社團的攤位與介紹，主持人雀躍的讚賞似乎是頭一次看到他們的表演。

她的目光，直到三人下台返回攤位才彷若隔世的離了眼，心跳也隨著追逐的目標消失人群而漸趨平靜。

多年後，她想應該還無法忘懷這場表演，如果加入他們，能再度感受到同樣的感動嗎？

「啊……原來如此。」少女看著台上三人爲了成功的完美詮釋這場表演。「原來我想要的，是刺激、是悸動。」

如果跟他們站上同一舞台，是否也能分享這樣的成就感與喜悅呢？

之後她是怎麼解決她的便當以及下午的課程，已毫無印象，她只記得，少年在台上宣傳他們的攤位，她特意繞路來到較邊緣的攤位，二話不說直接拿了一張入社單回家塡寫。

※※※

提點老師與學生一天課程結束的五點鈴聲響起，正在收拾東西準備前往社辦的葉雨荷卻嗅到周遭一股蠢蠢欲動的氣氛，而發出野獸欲拚向獵物的銳利眼神，是來自醞釀許久準備探詢八卦的同班女生們。

唉，又來了。

果不其然，在心中做好心理防線之際，平常跟她還算熟識的女生立刻將她包圍著並向機關槍掃射一般興奮的詢問她：

「小荷！你們社團甚麼時候有那麼帥的男生了！怎麼這麼不夠意思，都不介紹一下！」

「對啊，他是我們學校的嗎？」

「他有帳號嗎？至少想追蹤一下！」

同學們話題中的人物當然是在社博表演大放異彩的蒼鴞絕藏，有不少同班同學也有觀賞那場表演，頓時她的通訊軟體傳來多則訊息，有揶揄她說社團總算紅起來的訊息，也有私訊她主演者廬山真面目的好奇留言，這讓她一方面感到欣慰驕傲的同時，又有些微的不滿。只有這種時候才會對我們布袋戲研習社有興趣……雖然嚴格說起來是對絕藏有興趣。

被幼鳥圍繞著嘰嘰喳喳要食物的母鳥心情現在的她似乎可以理解了，差別在於她沒有義務回應同學們的要求，將絕藏的來歷與情報拱手讓人知曉。

「哎呀，其實我跟那位也不熟，她是我們社長找來助陣的啦！」還好花芊雯之前就有跟他們約法三章對外說詞，她隨便打發因問不出個資而掃興的同學便快步移動到教室門外，剛下課的教學大樓人衆會聚，喧譁熱烈，空氣中充滿著對新的學期滿懷期待的歡快之情，不遠處卻有一人襯托於校園日常風景畫。

如鷹的雙眸歇息闔上，黑色長袖薄外套搭配白色無袖連身帽衣，他似乎非常喜歡有兜帽罩住自己的陰影感，掩去突兀尖耳的他看起來與周遭大學生無異，若走在繁華街道上不知情的人看到他出色的外貌說不定還會愈以爲是模特兒。

葉雨荷單舉起手想呼喚他，蒼鴞絕藏早先一步他的動作，睜眼並將食指抵在唇邊以示稍安勿躁，葉雨荷轉念一想才明白他的用意，她若無其事地走過他身邊，餘光確認他跟在她背後之後，在下一個大樓轉角走入較少人經過的路線，接著放慢速度，等兩人肩並肩並行後才小聲輕問：「術法效力如何？」

灰髮殺手嘴角彎出自信的弧度，這似乎是他來到這世界後第一次在葉雨荷面前笑開懷，忽然間身形瞬移至幾步前迎面而來的一名學生，他將距離拉得極近，只稍幾吋就會吸進他呼出的氣體，但對方似乎對於眼前的蒼鴞絕藏視若無睹，就好像他的存在完全沒入他的眼裡，蒼鴞絕藏微側身子，飄揚的髮絲都未觸及對方的身子後，一轉身，又再度回到葉雨荷的左側，動作流暢的可謂優雅舞者的卽興演出。

「幻族術法非浪得虛名。」葉雨荷漸漸發現，比起他的武功，讚美來自故鄉與家傳的術法似乎更能讓他露出符合他年齡該有的青年神情，這變化只有朝夕相處才有辦法觀察到。

布研社三人開學後課表各自忙碌，蒼鴞絕藏雖暫居於葉家，限制他的行動使其只能待在家中絕非三人樂見，然而放他一人又擔心人生地不熟的他出任何差錯，於是便約法三章，早晨上學時葉雨荷與蒼鴞絕藏必須同進同出，在少女上課期間，替自己施了幻族術法的蒼鴞絕藏可以在校園內自由行動，這術法具有障眼法的效果，使旁人見到他的雙耳與常人無異，除非有與人碰撞接觸或是與之對談，才會讓術法失效，否則走在路上路人絕不會將目光投射到他身上。

直到結束一天課程後，兩人在社辦會面後再一同返回葉家，這幾天大致上都是如此度過，不過禮拜五的今晚倒有特別的活動。

「你哪會來揣我？」

「花姑娘要我助你鬥搬物件，他們在佈置教室。」這裡的他們想必就是指花芊雯與石益宏，「汝今日上什麼課？」

「無聊的文學概論佮詩詞，另外就是……上教寫劇本的課。」那是系上的熱門選修課，她花了一番心力才搶到名額。

步伐明顯一頓，片刻的驚訝化爲莞爾一笑，他微微低頭，輕聲細語說出的感謝幾可謂溫柔。

「……葉姑娘，多謝妳。」

「講啥呢，這本來就是我想欲做的代誌，對未來出路有目標也是好事。」

是我該感謝你願意相信我。

沒說出來的話語迴盪在葉雨荷心中，夕陽餘暉下僅僅將少女的影子拉得長遠，幻族術法似乎也能騙過太陽一視同仁的斜射。

那天的表演造成空前絕響，跌破所有人的眼鏡，誰也沒想到默默無名並且快要倒社的布研社竟能起死回生，不僅在校內引起討論，連校園的新聞社都跑來採訪他們，為的就是想知道那天上台表演的究竟是哪位學生，對於校內的疑慮，花芊雯一律對外宣稱是校外有在玩角色扮演的朋友來助陣表演的。

早在後輩們與蒼鴞絕藏在山上練習時，她便在粉專以及社群網站上留下蒼鴞絕藏背影的預告圖，當時就有同好留言好奇是哪一位Coser，布袋戲同好這圈子一向小眾，在網路上任何一點風吹草動就像滴落水面的漣漪，剎那間擴散開來，裝扮與演戲的技藝既然如此出眾，爲何從沒有戲迷聽過他的名號？而這一點則是被花芊雯模糊帶過，只說明「有興趣請來本校觀看表演」等公式答案。

而這也是花芊雯要營造出來的神秘感，果不其然在當天就有布袋戲圈的同好看了他們的表演，本著分享的心將影片上傳影音網站並流傳出去，眼尖一點的人馬上便看出舞台上扮的角色是風雷布袋戲當中的蒼鴞絕藏，這幾天社群網站只要搜尋關鍵字便可看到一連串關於表演的討論與猜測，甚至還有人標註風雷布袋戲官方的帳號。

「我就不信那個叫君岸的編劇沒看到。」花芊雯在看到網路的討論後，在群組裡寫道，還附上一張沾沾自喜的貼圖。

對他們唯世布研社來說，成爲大學生之間的茶餘後飯的話題不是主要目的，而是風雷布袋戲的內部人員是否有注意到他們的表演，以及是否有人會因而感興趣而入社，這兩點同時達到目標才算是成功。

禮拜五太陽下山後的布研社辦，也是社博表演結束後的第二天。

葉雨荷與蒼鴞絕藏雙手拎著用紙盒包裝好的披薩與附贈的照燒雞腿套餐，考慮到蒼鴞絕藏可能會不習慣這樣的飲食，也另外用社費購買了滷味。

「我們回來了。」葉雨荷用還空著的一手推開社辦的門，正好目睹了社長花芊雯用像鈔票一樣算著截至目前爲止的入社申請單，當她作勢的輕咳一聲時，接手蒼鴞絕藏手中食物的石益宏也回頭看向社長。

「咳咳，大家辛苦了，這次的表演大成功！我們目前總共招募到九名新社員！」

連十位數都不到的人數，在別的社團聽來或許會嗤之以鼻，但葉、石兩人則是面露喜色鼓掌歡呼，少女還特地跟灰髮殺手解釋這令人開心的消息。

對於每年新進社員稀少的情況下，這成績她們已滿足，至少可以打破「社偶比社員多」的長年魔咒了。

「這次非常感謝蒼鴞絕藏的協助，今仔日免客氣，吃不夠閣再從社費出錢嘛沒要緊！」花芊雯帶頭說到，社桌上已擺滿了用社費所買的披薩、滷味以及飲料，當作是表演後的慶功宴。

「呃……不，其實社費還是要節省一點比較好…」身爲總務，葉雨荷想到又縮水的荷包，仍感到微微的心痛。

「「乾杯！！」」石益宏與花芊雯兩人無視葉雨荷的忠告舉杯齊聲歡呼。

「……乾杯。」其中一人的聲音明顯低沉無起伏，但仍能從嘴角的弧度感受得到對方的欣喜之情。

「絕藏就算了，你們兩個倒是聽一下啊！社費眞的是很拮据啊！」

「那就趁這次有新生進來的時候多收一點社費不就得了？」石益宏一邊不懷好意的提出改善社團財政的方案，一邊教導著蒼蕭絕藏如何正確用手吃披薩，爲了不習慣披薩的蒼鴞絕藏葉雨荷還特別挑了烤鴨口味，後者兩手捧著似乎有點不知所措的反應相當新鮮，結果被葉雨荷給介入。

「還是我來教好了。」理由是：「誰知道你會不會又教壞他。」她還在記恨泡麵的事。

「你是她老媽嗎？」

「至少我是他偶主！」

即便尙無法完全掌握快起口角的兩人所說的語言，但他至少還看得出來少年少女是爲了他起爭執，蒼鴞絕藏難得當起了和事佬：「兩位請冷靜⋯⋯」

談笑之間，花芊雯看著眼前非日常又不可思議的場景，溫馨的笑著按下照相機的快門。

「嗯？」忽覺手機的震動，打開一看發現是布研社的粉專有了新訊息，她跟葉雨荷說暫且離席便走出門外了。

「是說，若是君岸沒看到咱的影片欲按怎？」石益宏吞下最後一口夏威夷披薩時問道。

「吾會直接去找伊。」蒼鴞絕藏口吻堅定。

「到時阮嘛會陪你去。」察覺石益宏還想再勸幾句，葉雨荷搶快的說：「都經歷過這麼多事了，怎麼可能不陪朋友去呢？」

他手上的紙杯差點拿不穩，少女無心的話語像股暖流，激起漣漪。

「朋友⋯⋯」

「對啊，啊！難道說你還沒將我們當作是朋友，太見外了！」石益宏誇張的揮舞雙手，並模仿在布袋戲劇裡角色受驚嚇時的張開雙手倒退兩步，摀胸神情悲壯的說：「蒼鴞絕藏，沒想到你竟是如此絕情之人。」

「好了，夠了，很會演。」葉雨荷覺得平時負責擔任吐槽的人似乎顛倒了過來，而且這傢伙還用表演時風凝泉口白的聲音，他敢演她還不敢看咧。

「不過如果要去風雷的公司要怎麼去比較好？坐高鐵？」

「高鐵好貴！台鐵較便宜可是要坐好久！」

「那你們可以開始規劃路線了！」花芊雯氣勢熊熊的打開門，她臉上帶有著雀躍的成就感，並對著蒼鴞絕藏秀出手機畫面。

「絕藏，大隻魚上鉤了。」

直到現在他仍是無法理解他們每個人手上總是拿著的發光方形物，他敏銳的金瞳只看見畫面裡的圓形頭像上名字寫著「君岸」。

「君岸主動聯絡我們了，他說希望可以見到蒼鴞絕藏。」

第六章

「唯世大學布袋戲研習社您好，我是風雷布袋戲的編劇之一——君岸，我看到前幾天貴社在新生招攬會的表演，深感震驚，不止是因台上的蒼鴞絕藏跟本尊極度相像，還有在最後壓軸的十刀斬影法，這招是只有儲存在我的筆電當中的人物設定資料，並沒有用在正式拍攝當中，如果方便，希望與貴社的表演者面晤，地點就設立在本公司，若是擔心交通費也請放心，我會請助理幫忙安排，若時間訂在這禮拜周末不知貴社成員是否方便？

靜候貴社的佳音。」

君岸的粉絲私訊，嚴肅又不近人情，但卻能從字裡行間感受到急迫性，光是要斟酌如何回覆他的語句，三人幹部兼社員便絞盡腦汁了許久。

「這禮拜會不會太趕？不知道還買不買得到車票。」

「還是我們先問他的助理要怎麼安排？」

「那等我一下！益宏你覺得這樣打可以嗎？會不會沒禮貌？」

蒼鴞絕藏已經放棄披薩，這種餅皮料理怎麼都不符合他的胃口，轉而送了一塊滷到相當夠味的豆干到自己的嘴裡，默默地邊咀嚼邊看著身旁三人討論。這忙他幫不上，他現在心情也尚未平復。終於，能見到創作他的人了……

又一提示聲，花芊雯不禁訝異驚呼：「好快！明明才剛發！」

但接下來回復他們的，口吻明顯不同，文初表示接下來由君岸的助理代為回答，還附贈了一張可愛的表情符號，這讓三人面面相覷。

「編劇還會有助理喔？」

「誰知道？」

「可能是其他員工吧？」

照那名助理所言，剛好這禮拜天有角色後援會來參觀風雷布袋戲片廠的行程，到時候君岸也會來現場，因爲是他們主動邀約，因此報名費全免，只要在高鐵站或火車站集合就會有接駁車來接送。助理接著詢問貴社有幾個人會過來，當他們回覆說總共四人時，對話框左方出現一張沒問題的貼圖，葉雨荷猜想助理應該是女性，表示會幫他們多喬出四人的名額，請他們選擇集合地點。

身爲手頭不算寬裕的大學生，三人豪不猶豫地選了火車站這個集合地。時間、地點、流程大致上說明完畢後，對話框就再無新的訊息跳出時，布研社成員們才如釋重負，他們光是討論答覆就花了將近一個小時。

「累死人了。」石益宏將飲料一飲而盡，「不過，這是不是代表君岸也懷疑蒼鴞絕藏是本尊？」

「一定是，不然怎麼會這麼急著要見面，從本尊偶不見的消息到現在也一個禮拜了，如果一直找不到，官方應該很困擾吧！」

「往好處想，這樣我們就可以參觀片廠了。」花芊雯開心的握拳，對布圈戲迷來說，參觀片廠就像是聖地巡禮一樣，每家公司讓粉絲參觀的規定與福利都不盡相同，以前似乎還會開放放置眾多木偶的專門房間，但現在大部分都只供特定幾尊本尊偶觀賞與合照。

即便如此，這對他們來說也有極大的吸引力。

「我說，片廠可以帶相機進去嗎？」花芊雯已經決定好禮拜天以前一定要把記憶卡的空間清乾淨。

「應該可以，但我記得他會限制哪些地方可以拍、哪些地方不能拍。」石益宏的語氣雖還算冷靜，但手指自動自發的開始上網搜尋片廠之遊的相關禮儀與須知。

「但是，這也代表，絕藏要離開了，對吧。」

「啊……」

葉雨荷的一句話，讓另外兩人瞬間回神，興奮過後伴隨的是寂寞與哀傷。

如果君岸知道了他的身體是本尊偶，那他應該會想辦法將他留在片廠裡吧，到時候，他們就無法四人像普通社團同學一樣相聚。

似乎感覺到話題的對象轉移到自己身上，與氣氛的凝重，蒼鴞絕藏嘴角勾起一抹弧度，起身站至三人面前：「諸位，感謝你們的收留，蒼鴞絕藏此生難忘。」他是眞的很感謝他們爲了萍水相逢的他所做的一切。

石益宏的胃一陣糾結，心想：「此生……你就沒想過回去後避不了死劫嗎？」

一場意外讓他們相遇，但最終他仍是不得不將他送回去，就算那是基於本人的意願，他不知道君岸有沒有辦法讓他回去原本的世界，但這種親手送人上不歸路的感覺實在不好受。

「這樣我們來拍一張好不好？」花芊雯像是要反轉沉默的氣場拉高聲線，經過一個星期的相處，她說的台語也漸漸進步不少，「四人合照，這樣絕藏也是我們布袋戲研究社的一員！」

她拿起自拍棒，葉雨荷跟石益宏也站在蒼鴞絕藏身側，當他還搞不清楚狀況時，花芊雯便以按下拍攝鍵，照片裡的蒼鴞絕藏一臉呆然的令葉雨荷忍不住笑出聲：「再一張啦，你看絕藏都沒笑吶。」

「何止一張，今天要多拍一點！慶祝蒼鴞絕藏與布研社，大家今天沒吃完不准回去喔！」

接著三人似乎是想把握最後同聚的時光，沒人再提君岸或禮拜天的活動，取而代之是更大的背景音樂聲與談笑風生，他們甚至還教導他桌遊以及撲克牌的玩法，狂歡直到社團大樓的關門時間爲止。

關於葉雨荷的那番話，他雖是笑著但心裡卻有淡淡的不捨，在殺人人殺的江湖生涯裡，就算有一抹暖陽使他感到溫暖，但過不久便會被冰冷的現實或是命運給掩蓋。和平市井小民的生活會使握刀的觸感遲鈍，但不可否認的是，若有日後，回想起這短暫的日子必定是充滿笑聲與和諧的溫暖回憶。

※※※

禮拜天的蒼鴞絕藏，替自己施了術法，使旁人見到他的雙耳與常人無異，而除非與人碰撞到，否則走在路上不會將目光投射到他身上，十足的低調與沉寂。雖然還是可以用連身帽或斗篷遮掩，但在室內與車廂內反而顯眼，於是特地用術法。已經可以見到君岸了，他以及布研社的三人都不希望節外生枝。

從台北坐火車到雲林少說也需要三個小時，爲了省錢衆人只得早起，這對蒼鴞絕藏來說不算太早，但一上車後，不習慣早起的三名現役大學生立刻躺平幾乎是一沾枕就睡。

窗外的景色從一片漆黑到忽然的燦爛明亮，從高聳林立的都市叢林到一望無際的綠田，在得知這世界也有靠天吃飯、奉土地爲衣食父母的農村人家時令他感到懷念；每尋得兩個世界的相似之處，都令他備感安心。

坐在她身旁的葉雨荷頭輕輕的傾倒向他的左肩，他以不驚擾少女的力道喬好他倆都舒服的姿勢，車廂內的溫度涼爽，也難怪大家睡得香甜，聽他們說車程至少還要一個時辰，不禁佩服起這種不用馬兒的交通工具。

只聽說過打哈欠會傳染身旁人，沒聽說過也會傳染睡意的蒼鴞絕葬漸感眼皮沉重。在這個世界裡時不需太過嚴苛，稍作假寐，放任自己的意識陷入黑暗。

「無想著你的效率遮爾好，佳哉有彼陣少年人，你說是無？」

熟悉的聲音，令人不悅的語調，但這股不悅並非來自任何負面的情感，他只是感到煩躁，因爲他甚至可以感到聲音的主人帶著一抹得逞的笑容，明明他在這裡就算試圖睜眼也只得到一片黑暗，但這道聲音卻比上次來的清晰許多。

上次？等等，他是什麼時候聽過這聲音的？

「別佮我講你袂記得，你初來這世界時咱就有一面之緣，雖然你無看到我的人就是啊。」

「是你！」

他倒抽一口氣，惱的。猛然睜開本不可能睜開的雙眼，果不其然黑闇壟罩著他，但這次他能清楚看得見自己的雙手與身軀微微發光，蒼鴞絕藏四處張望，對著無盡的空間低吼：「是你將我拉來這世界？」

那聲音沉默一陣子後再度開口，雖然他無從得知對方是從哪發聲。

「是也，非也，端看你所想。」

竟想四兩撥千金！蒼鴞絕藏正想發難，那道聲音繼續說：「重要的是，見彼个人，是你我共款的向望，聽我的，順其自然袂害著你。」

「你是誰？目的爲何？」

「吾說過，只是想再見好友一面，與你相同。」

蒼鴞絕藏面前突現一小光珠，不冰不熱，或者是夢境裡感受不到溫度，聲音從光珠本身發出：「若是你頭一个問題，何不親眼見識？」

光珠漸漸拉長爲人型，從光影走出一道人影，風度翩翩，羽扇輕搖，唇角總是勾著笑，那笑卻看得蒼鴞絕藏難受、心疼、悲憤，他喃喃道出眼前之人的名字：「風凝泉……」

「久違了，蒼鴞絕藏，原諒吾只能以此形象與你會面。」

以此形象，原本激動不已的蒼鴞絕藏強迫自己冷靜：「你不是風凝泉。」

「然也，這是你的意識空間，心內所想，一目瞭然。」

自己的隱私與思念被人濫用，他很想提刀砍了眼前這個冒牌貨，但若眞要他動手，一見摯友面容如故，握住刀柄的手無論如何也抽不出刀。

「見到君岸，吾想請你爲吾代爲轉達，他之好友，無希望他自暴自棄。」眼前的「風凝泉」神情無可奈何，「你之去留毋免擔心，吾一消散，你也會返去你原本的世界。」

聽出他話裡的古怪，問道：「你這是何意？爲何……」

話說到一半，空間驀地劇烈晃動、迸裂，這場景竟讓他感到面熟，只聽聞對方悠悠的說：「你要轉醒，蒼鴞絕藏，後會無期，記住，見到他，你會找到所有的答案。」

直到意識被白光吞沒之時，他才領悟到，他之所以覺得那人的聲音熟悉，是因爲那是已經聽慣二十年的，自己的聲音。

「絕藏、絕藏，咱到了。」難得看到絕藏睡得如此沉的葉雨荷寵溺的笑著，沒辦法，自從他住到她家後，每天都是蒼鴞絕藏比她早起床，葉雨荷搖晃他的同時，不忘用手機紀錄罕見的睡顏照。

而當蒼鴞絕藏朦朧的瞇起眼後，卻見少女由笑臉轉爲擔憂的神情，她說：「絕藏你哪會哭？敢是人叨位不舒服？」

哭？怎麼可能？他下意識地摸了眼瞼，確實觸得濕潤的液體，但他是何時流淚的完全不自知。

指尖輕撫抹去殘留的淚珠，當夢到的景象如潮水般回歸他的腦海時，他不甚愉快的彈舌嘖了一聲，沒好氣的說著：「沒事。」

安下心的葉雨荷因轉身遺漏了蒼鴞絕藏低聲含糊的抱怨。

顧人怨的夢，討厭之人。

哼，最好就如你所說的那般。

※※※

雲林是台灣布袋戲的大本營，也是知名已故布袋戲大師黃海岱的故鄉，縣內除了有展示各家布袋戲偶的雲林布袋戲館之外，每年也會舉辦雲林國際偶戲節，致力於發展與傳承布袋戲。

唯世布研社一行人來到了斗六火車站，跟工作人員與其他參觀者會合後便搭上了接駁車，駛離比較熱鬧的市中心後，他們來到穿插在一片綠油油田地、由大型貨櫃屋組成的園區，這裡就是風雷布袋戲的片廠，平時不對外開放。關於片廠在稻米田中央對布研社的人來說不算新奇，算是偶界常識範圍內，只是實際見識到還是有一定程度的驚訝，葉雨荷與石益宏在心裡不約而同地想：如果沒了接駁車，要來風雷布袋戲的片廠他們可能就得考慮自駕或計程車了，到時的交通費一定很可觀，並再度感謝這得來不易的機會。

就算花芊雯沒接觸過風雷布袋戲出品的戲劇，能目睹從零到有的製作現場依舊令她歡欣鼓舞的拿起相機猛按快門。當其他人在領隊的帶領下移動時，卻發現站在他背後的蒼鴞絕藏止步不前，於是她轉向他詢問道：「敢有感覺到什麼？」

直瞪著門口大大寫著「風雷多媒體股份有限公司」的金屬製招牌，他確信自己是第一次來到此地，但潛意識當中似乎有被掩蓋的模糊印象，直到眼前景象才有撥雲見日的恍然大悟，靈魂深處好像有聲音告訴他此地似曾相識，於是他回答：「令人厭煩的懷念。」

他固執的堅持在見到君岸之前，否定一切可能跟他有相關聯的事物。

似乎誤認為他的反應是緊張，花芊雯拍了拍他的肩膀：「不用擔心，我們都會陪你。」

明白捲髮少女的鼓勵之意，他莞爾一笑：「多謝，若非花姑娘，否則不會這麼順利就來此。」

隔著粗框眼鏡的大眼眨了眨，害羞地用手指撓了撓臉頰：「非常感謝你的稱讚，我對自己其實沒什麼自信，尤其面對我的後輩。」

「是何緣由？」蒼鴞絕藏不解，從認識到現在，時間雖不長，但一向提出方針，並努力執行的花芊雯，爲何會這麼說？

她的目光直視前方葉雨荷與石益宏雀躍參觀、有說有笑的背影，帶有點羨慕與疏遠的口吻訴說：「我只比他們大一歲，社長自然由我來做，但益宏會口白又很聰明，小荷擅長操偶、行動力又高，跟他們比我實在太平凡了。」

「這次的表演雖然是我的提案，不過我也是會擔心若不順利，計畫失敗了要怎麼辦。」

學長姐畢業後，帶領學弟妹的重責壓到她身上，再加上接下來有更多加入的大一新生，萬一她沒有能力拉拔起這個社該怎麼辦？豈不辜負了上一屆、更甚者之前努力苦撐到現在的前輩？面對葉雨荷與石益宏，很多時候其實是她的強顏歡笑壓過不確定因素，有時候她覺得自己太過一意孤行，然而他們兩人還是願意相信她的判斷，這令她欣慰的同時又感到不安的恐懼，深怕有任何一個計劃出錯，兩人會不再以同樣的程度信任她。

蒼鴞絕藏不發一語，驚覺似乎說太多的花芊雯尷尬的想轉移話題：「歹勢，我只是隨便說說而已。」

「有能之人不自知。」

「咦？」

「葉姑娘曾說過，妳就親像是大姊一樣的存在；石公子曾提及，尚未真正了解妳。」蒼鴞絕藏在花芊雯驚愕的注視下繼續說道：「就如同妳所言，他們都會陪妳，失敗了，共同面對即可，不需一人承擔。」

當局者迷，道理很簡單，但陷入鑽牛角尖的細膩心思有時候反而看不清，布研社的合作與羈絆他看在眼裡，三人個性各不同，但有所互補，葉雨荷與石益宏相當信賴花芊雯這名與其說是社長、倒不如說是鄰家大姊姊的學姊，溫柔又可靠。

他的語氣冷冷的，卻像股暖流湧進心窩，她很慶幸鏡片的反光讓他不至於看清出有些濕潤的眼尾，用力的眨乾眼淚，她抬起頭，笑容燦爛明媚的對著他說：「感謝。」

超前許多的葉雨荷與石益宏納悶落後的另外兩人，並轉頭一人揮手、一人呼喊，催促著他們快跟上。

「你說得對，他們那麼可靠，我也該多依賴他們。」

隨著這句話踏出的步伐，朝著最疼愛的兩名後輩，神情再無陰霾。

※※※

官方所舉辦的片廠之遊行程豐富滿檔，領隊帶著他們首先參觀的是各種角色的展偶區，戲偶們正氣凜然的迎接他們。有些角色蒼鴞絕藏認得，有些則否。倒是在場參與活動的成員就像葉、石兩人一般，有人興奮的尖叫，但隨即意識到不妥而摀住難掩笑聲的嘴巴，有人只專注的盯著一尊偶，神情著迷恍惚，因這區塊是禁止攝影區，所以有不少人不將眼前夢幻之景牢牢烙印在靈魂之窗裡誓不甘休。原來如此，所以不只葉雨荷衆人常陷入瘋狂狀態，他想，這可能是稱爲戲迷的正常生態。

而後是帶領著戲迷們體驗上戲時的操偶，以及展演武打場景時如何用砂石製作爆破效果。

經驗老練的操偶師分給他們各一尊小兵戲偶，即便只是想低調觀看的蒼鴞絕藏也被塞了一尊，蒼鴞絕藏神情複雜的看著懷裡蓋頭蓋面的戲偶，他記得以前好像砍過不少穿扮成這服飾之人的頭顱，葉雨荷則笑著安慰他：「機會難得，就試試看嘛！」

他回想著葉雨荷舉偶時的動作，與其他人在操偶師的一聲令下，上演多人圍殺或是戰場時的敵我大亂鬥。其他工作人員也將這畫面攝影下來，使現場參與者玩的不亦樂乎。

在借住葉家那段時間，他曾向少女借了有他出場的兩部影集來看，雖是不喜自己的人生是被捏造出來的，但他同時也好奇葉雨荷與石龑宏眼中的他是甚麼樣子。在自己不知道的地方被演繹的自己，他花了一段時間整理自己的思緒，戲偶的蒼鴞絕藏動作雖無法像本人那般流暢，但在看不到的操縱者之下也足夠生動靈活，他無法從中感受到任何感動或趣味，因爲那是他苦悶的人生再現。

然而現在，他跟布研社的三人坐在展演廳的最後一排，聽著操偶師們講解經驗與歷程，葉雨荷跟石龑宏很貼心幫他在主講者說中文的時候翻譯，操偶師們年齡不均，但共通點是對戲偶們與作品的熱情。

「當手套上戲偶時，操偶師就代表那尊偶，一舉一動都會影響那尊偶帶給人的觀感，如何達到人偶合一的境界，就得靠練習、長年經驗，還有跟戲偶的感情了。」

蒼鴞絕藏凝視著無不以崇拜目光盯著實際演練的操偶師的布研社三人，他輕輕的拋了一個問題：「尪仔敢會有感情？」

「嗯？有吧。」他問的很小聲，只有坐在他旁邊座椅的葉雨荷捕捉到他的問題。

「爲何？明明尪仔不可能會有表情。」

這幾天的相處下來，他常常會有執著於某些問題的傾向，這點葉雨荷已相當了解。

「我自己是這麼想，當然尪仔不會有表情，但是很多時候其實是人將當下的心情投射到尪仔的身上，玩尪仔的人覺得它心情好就是好，心情不好就不好，久久之後，便會對尪仔產生情感。」

掌聲過後，是在場所有參與者最興奮的活動，本尊見面會以及編劇講談。這次的片廠遊是風雷布袋戲兩大人氣角色的後援會聯合開辦，壓軸的兩位角色戲偶從兩側大門出場時，響起最熱烈的尖叫聲與歡呼，蒼鴞絕藏認出那兩尊是武林名人。與兩尊強烈對比色戲偶一同進場的男子，葉雨荷悄悄的告訴他：「戴眼鏡的彼个人就是君岸。」

蒼鴞絕藏將目光投向了該名男子，在看見他的同時，他卻做出了身為殺手不該有的反應，呆愣並發出愚蠢的聲響：「咦？」

那個曾為他敬愛師尊的上陵刀老若看到這樣的他恐怕會像以前練功時一樣，稍有分神或者動作做不紮實，就得有火辣辣的巴掌直接伺候的心理準備，但現在他沒有師尊，而且也沒人會責備露出這般反應的他。

他見過這個人，就在他夢裡重複多次的夢中迴廊當中。

夢醒後他總是無法在腦中描繪出那個人的輪廓，直到看到那名編劇令人火大的面容，破碎的夢境殘片如漲潮海水般湧現，並拼湊出完整的畫面。奇怪的視線角度、非自我意志的行走、這世界他所依附的軀體……難不成……

「絕藏？」

葉雨荷帶有點緊張與不安的小小驚呼聲拉回他的思緒，回過神來他沐浴在全場視線的焦點，這也難怪，因爲他剛剛唐突又不合時宜的突然站起身子，他直勾勾的盯著台上的那人。

「喔？這麼快就有志願者了，這位同學有甚麼問題想問的嗎？」君岸說著他聽不懂的語言，並指示台下的工作人員拿麥克風給他。

坐在另一旁的石益宏倉促的跟他說明現在編劇講談進行到問答環節，突然站起身的蒼鴞絕藏被編劇視爲第一個發問者：「你隨便問他問題就好啊。」說完這話的同時，工作人員將麥克風遞來他手中。

「……」

問題？他當然有滿腹的疑問想好好審問他的創作者。

──爲何要害死他的雙親、族人與摯友？爲什麼要把他的人生弄得亂七八糟？既然我非死不可，當初又爲什麼要創造我？

緊握著麥克風的指尖泛白，台上的君岸耐心等待的從容讓他好想用這雙手捏爛撕毀他那張臉，忽感衣角一股微微的拉力，他看向伸手的葉雨荷與同樣緊張的石益宏與花芊雯三人，並深深的嘆息，沒錯，時候還沒到，此時不宜讓他們三人困擾。

於是他花了好大的力氣去壓下心中的怒火，蒼鴞絕藏啟唇道：「你創作角色的時陣攏在想什麼？」

這問題雖無切中他眞正想問的問題但亦不遠，而他也驚訝的發現說出「角色」一詞的自己心無波瀾，心裡深處某方面說不定早已承認自身是眼前之人筆下的角色了。

現場的反應因他這問題衆口喧嘩，騷動不已，有人覺得問得愚蠢，浪費難得與編劇互動的機會；有人驚訝於一口流利的台語，但也有人認爲發問者故意在這種場合使用非官方語是爲了表現出衆而笑出聲，眞是沒禮貌。

不相干之人的想法他沒興趣知曉，在他目光直視的前方，君岸饒富興趣的說：「這位同學還眞是問了有趣的問題。」

在台灣，某些台語使用者會根據對話者使用的語言轉換模式，對方說台語便會以台語應對，講中文也會跟著切換官方語言模式，君岸顯然爲這一類型之人：「創作這件代誌，實話講，很累。有時角色是別人號名、我來寫故事，有時陣是自己原創，不過這款情形這馬有較少，畢竟這是一陣編劇團，要互相配合鬥相共。」台下聽衆因爲他俏皮的語調逗的陣陣發笑。

「創作角色的時陣，我會想：要安怎寫才會當乎人想要熟似他、合意他，面對重要決定的劇情，我會代入角色去想講：我若是他，我會安怎做？」

文思泉湧，靈感滔滔不絕，並將腦海裡的想法透過文字書寫，是天底下所有編劇最大的樂趣，而劇本再結合不同的媒介呈現給閱聽衆，得到共鳴、獲得讚賞，才是創作者們嘔心瀝血爲了這份幸福與殊榮而努力耕耘的動力。

蒼鴞絕藏靠著絕佳的視力可以瞧見君岸在演說時，鏡片底下暗藏的熱情。

「……請問你、敢愛你創作的角色？」

直至方才都是對著台下戲迷進行演說的編劇，將目光投向了發問的他，以輕鬆但再理所當然不過的口吻訴說：「這世界上，不可能存在討厭自己創作角色的編劇。」

心臟猛的一陣緊縮，那嘴角勾起的弧度令他恍惚地將總是笑得自信的友人身影與編劇重疊，在察覺自己有這般近似背叛摯友的念頭以後，蒼鴞絕藏不由自主地別過了頭，一路沉默到座談結束。

※※※

「布研社的同學，這邊請。」戴著工作證的員工帶領他們四人來到片廠隔壁一棟的二樓會議室。

在展演廳也是被安排好的位子，活動接近尾聲時就有人從後方輕點他們的肩膀，並示意他們先離席，葉雨荷等四人畢竟算是混進普通參觀群衆的貴賓，不引人注目的低調離場較不會被人所非議。

除了蒼鴞絕藏以外的三名大學生正襟危坐，直到現在他們才有創作者與被創作者即將見面的現場直擊感。

沒讓他們多等，甫見過的眼鏡男子開門而入，並巧妙地吩咐員工給他們獨處的時間：「請問你們就是唯世大學布研社的同學嗎？」

花芊雯上前舉止優雅的與之招呼：「是，很高興見到您，君岸先生，我是布研社社長花芊雯。」

在展演廳時因爲坐得太遠並沒有細看，細框眼鏡下的眼皮扶起一抹暗沉，使得看起來而立之年出頭的面容更加老氣，君岸細眼環視在場四人，他擺了擺手說道：「客套話就省下吧，我想知道你們當天表演蒼鴞絕藏的人在……咦？你是剛剛那位……」

當君岸認出剛剛在座談會上的發問者時，接著的話語還來不及說完便被迫停下，君岸瞳孔放大，面前金瞳緊緊揪著他的目光不放，他大氣不敢喘一下，光是吞嚥口水就極有可能讓抵在他脖子的刀留下血痕。

僅僅說出三個字的時間，就足夠蒼鴞絕藏化爲眞身並向他直指刀尖，由於他的角色名是用台語唸的，但就算不懂也知道促成今日會面的用意就是爲了見他，褐袍隨著他的動作一停而落下的同時，石益宏跟花芊雯才回過神來而叫道：「絕藏！」

「學姊、口傳仔，不用擔心，他不會衝動。」意外的，說出安撫兩人話語的是葉雨荷，她眼神直勾勾得看著兩人，冷靜而不慌亂。

一陣不合時宜的大笑，出自被抵著刀的君岸口中，他不怒反笑的說：「果然剛剛發問的就是你啊！我沒看錯，你果然是蒼鴞絕藏，而且還是本人對吧？」

蒼鴞絕藏瞪著他的創作者，沒有收刀的意思。

花芊雯發揮他最常在社團裡擔任的職務——打圓場：「不好意思，君岸先生，他只聽得懂台語……」但幾瞬思考過後察覺不對勁，「等一下，你知道他是本人？」

一般人在看到他後只會往角色扮演這條思路去想，雖然君岸傳訊捎來說過懷疑的理由，但他那句話彷彿從一開始便篤定他是活生生的本尊。

君岸咯咯笑：「人類怎麼可能憑空變出一把刀跟瞬間變身？就算說是魔術也太過牽強，

而且哪有編劇認不出自己寫過的角色，他的反應跟我想像中的一模一樣。」兩指輕捏鷹蒼刀並隔開直指他的刀尖，接著用台語說：「我有眞濟問題想欲問恁，希望恁老實回答。」

第七章

在以花芊雯爲代表三人講述如何與蒼鴞絕藏相遇與他們對於本尊偶的猜測後，始終默默聽著消化訊息的編劇食指輕敲會議桌面，從肺部吐出一口氣說道：「這可眞是……讓人難以置信。」

「該說還好我有注意到你們的影片嗎？非常感謝你們照顧他，尤其是最後一集還無法重拍的現在。」

「無法重拍？」石益宏疑惑的重複他的話。

一瞬間，編劇的眼光變得嚴肅且犀利，他拉長脖子從門上的玻璃窗看向外面，確認沒人經過或偸聽之後壓低聲線說：「在回答這問題以前，請保證今天的對話不會外流，也不准錄音。」

布研社三人面面相覷，不難理解君岸的疑慮，聽說風雷布袋戲曾經有內部人士洩漏劇本大綱，結果導致劇情重新修改，造成拍片人員與編劇不必要的麻煩，三名大學生只能再三保證會保守好秘密，只差沒有將口袋翻開、雙手攤平確保不會有可疑行爲。

「這話我只跟你們私底下說，蒼鴞絕藏的本尊偶不見了，到處都找不到。」君岸的話證實了之前在河堤公園橋墩下三人的猜測，「如果想縮短時間成本重拍，最不得已的方法就是用副偶代替，而且不只發行的片子，就連母片也由於不明原因而無法後製，最離奇的是出問題的只有出現蒼鴉絕藏的片段。」

眞人演員有替身演員，本尊戲偶當然也會有副偶，由於拍攝武戲時對本尊偶的損害較大，這時候就需要替身用的副偶，專門用在拍攝拋接、重甩等實打實的武戲上，通常只有固定班底與該檔一線角色會有副偶，蒼鴉絕藏在這兩檔戲分多，也是風雷布袋戲近期主打的人氣角色之一，理所當然會有副偶，問題在於副偶永遠無法代表本尊偶，在特寫鏡頭時與本尊偶的差別一目瞭然。

「我們的同仁心裡都很慌，以爲是什麼靈異事件，結果沒想到其實是劇裡的角色跑到現實，附身在本尊偶身上了。」編劇語尾上揚，似乎覺得這眞相既離奇又單純。

他目光含笑的望向露出眞面目的蒼鴉絕藏：「那你呢？找我是爲著啥物？雖然以公司的立場來講，你願意主動來找我實在是眞感謝。」

蒼鴉絕藏拉開褐棕兜帽，露出那雙靈動的尖耳：「吾來只爲一事。」

「若是要求我改寫你的結局，我一定拒絕。」

被搶快一口回絕的蒼鴉絕藏反而不怎麼意外，可能是在這之前有葉雨荷與石益宏多次的提醒而有了心理準備，他冷冷一笑：「汝倒是很有自知之明。」

「因爲你是悲劇角色，我會當料想你對你的命運無滿意，但我向望你會使諒解。」君岸放在桌上的雙手交疊，他誠懇地向前傾，「誠失禮，你的結局是注定，你的落敗是必然，我若無按呢寫，紲落去的劇情無法度發展。」

葉雨荷率先發難，站起身不悅的說：「君岸先生！再怎麼理所當然也不應該在本人面前……」

身為戲迷，她可以理解編劇的安排，但身為朋友，當面評斷對方的生死依舊太過了。大手碰觸她的胳膊，低頭望去只見蒼鴉絕藏溫柔一笑，似是安撫她，葉雨荷才冷靜下來坐回原位，灰髮殺手接著說道：「那如果是風凝泉呢？」

「風凝泉……你的朋友……」

「死亡無所懼，吾願用自身之命，換取摯友之生。」他雙手平放於大腿上，深深的彎了九十度的鞠躬。

「絕藏……」石益宏此時此刻才瞭解那天在公車上所指為何。

從他知道編劇的寫作能力起，他便一心只想著友人的生死希望，即便犧牲自己也在所不惜。

冷氣機盡責地送來冷風，氣氛寧靜的連外頭人的腳步聲都聽得到，君岸一語不發，葉雨荷讀不懂鏡片下那雙眼的考量，花芊雯與石益宏正襟危坐的等待誰來打破這沉重的氛圍，緊張感更甚他們甫進來這間會議室。

良久，君岸終於開口：「無可能。」

蒼鴞絕藏緩緩抬頭，金瞳微瞇，他大可以武力逼迫，但倘若真的這麼做，恐會辜負葉雨荷他們的一番心意，他只是低沉著嗓子說：「原因。」

聽到他這麼問，君岸一臉頭疼的摸著太陽穴，像是在向不懂事的孩子講道理，「你想嘛知，你猶闍會記得他是安怎死的，對否？」

怎麼可能會忘，蒼鴞絕藏閉上眼，不願在眼前人面前露出自己苦悶的神情。

蒼鴞絕藏一心追查五歲時全村一夕覆滅的幻族慘案之兇手，在第一次與風凝泉碰頭時他沒認出那是小時候常來村落進行買賣交易的商人之子，小時候他們多次玩在一起，直到風凝泉的死纏爛打才相認並成爲莫逆之交，也才知道他同樣執著於眞兇。

那天是黃昏時分，在他滿弱冠之年的誕辰日當天，風凝泉說要給他眞兇的線索作爲生辰禮祝賀，然而來的卻是師尊的手下送來一木盒，打開來看驚覺是染血的羽扇，此時他才明白眞正的陰謀。

身爲魔族的上陵刀老僞裝成人類，爲了打開魔族與人界的通道，十五年前毀了位在封印地之一的幻族村落，並發現蒼鴞絕藏是幻族百年擁有金瞳的罕見之子，其能力爲看出魔元，對魔族來說極爲棘手，上陵刀老欲利用他來找出另一道封印，然而必須等到金瞳之子成年才能發動能力，滅村時特意留他一命並扶養他、誤導他復仇對象的記憶，只欲在他年滿弱冠時，看出最後一道封印魔尊與魔界的通道。

風凝泉被抓爲人質，爲救好友他只得妥協，發動自身雙眼能力找出封印，當蒼鴞絕藏欲討回人時，上陵刀老卻在他面前一掌擊斃風凝泉，噴濺的溫熱鮮血染上他的臉，他才明白此生最害怕的事物是什麼。就算他發現風凝泉的屍身染上劇毒，自己也因此中毒，他仍是抱著好友的漸漸冰冷僵硬的屍體，痛哭失聲。

「你明白否？風凝泉已經死了，他無法度復活嘛無可能再生。」

「你有能力。」

「我無想欲做。」

「你只是在自暴自棄。」

聽到這句的君岸猛然抽了一口氣，直到剛才還泰然自若的面容首見動搖：「你……」

「有人要吾向你傳話，他不希望你自暴自棄。」蒼鴞絕藏趁勝追擊，不因此放過君岸，「那個人，是誰？」

君岸嘴巴多次張開又闔上，面色扭曲，他轉而問向馬尾少女；他在剛才已詢問過誰是購買蒼鴞絕藏官方偶的主人：「我問妳，他——蒼鴞絕藏是甚麼時候來到妳的面前？」

話題忽然移轉到自己身上，葉雨荷愣了一下才回想起來：「上禮拜三，就是你們官方發公告的那天，然後確切的時間點是……」

「大概晚上六點半左右。」石益宏揮了揮戴著智慧型手錶的手腕，「妳那個時候剛好傳訊息過來。」

「喔，對。」

花芊雯困惑的詢問目光直瞅君岸不放的灰髮殺手：「除了阮，絕藏你甘猶閣有在這個世界遇著其他的人？」

「不瞞汝等，吾在初來這世界，以及來此之前攏做過類似的夢，夢中之人，只聞聲不見人。」原本只想藉由拋磚引玉的問話來測試君岸的反應，想不到後者出乎意料的動搖，「那個人與你似乎是舊識，他要吾向你轉達，你之摯友不希望看到你現在的模樣。」

青年編劇鏡框底下眼底閃過一絲錯愕，忽地一陣大笑，布研社三人被他這一笑弄得丈二金剛摸不著頭腦，他們只能愣愣地看著他平復情緒，君岸抹掉眼尾泛出的生理性淚水，口吻懷念的說道：「唉，擋袂牢，他有影會說這款話，由你來講就閣較趣味啊。」

「為何？」

「因爲彼个人啊……算是你的另外一位創作者。」君岸輕描淡寫的丟出在場聞者無不驚愕的震撼彈。

「啊！」葉雨荷忽地驚叫一聲，她想起期刊中介紹蒼鴞絕藏的專文當中的內容，混亂到中文與台語混雜：「你在期刊有說過！講絕藏是共朋友共同創作的角色！」

蒼鴞絕藏臉色不變，細眉一挑。

君岸眺望會議室牆上的時鐘，他今天來到片廠的行程就只有與戲迷分享他的寫作經歷，時間充裕，他靠向椅背，喬了比較舒服的姿勢後緩緩道來：「上禮拜三拄好是他的對年。」

沒那麼熟悉台語的花芊雯歪了歪頭，石益宏看出她的困惑，小聲並凝重的解釋：「對年的意思是滿一年的忌日。」

花芊雯錯愕來回看著蒼鴞絕藏與君岸，卻讀不出面無表情的蒼鴞絕藏心中所思。

「有時陣若想無出好的故事就會亂寫，這是我的歹慣勢，他攏會叫我莫自暴自棄，因爲若亂寫，衰的是角色。」

君岸轉頭對著三位大學生說：「你們待會可以幫我替他翻譯一下嗎？因爲接下來要講一段蠻長的故事。」

※※※

說來慚愧，跟他相識的契機是我粗心大意從樓梯上摔下來跌斷腳時，有緣在醫院裡認識的。有一段時間我缺席官方舉辦的活動，因為那時候的我在住院，老闆還特別來探望我要我趕快復原來上班，真是讓人困擾的命令。

我記得是兩年前，正好是在上兩檔《伏天錄》的開播檔期住院，那時還有好幾天必須臥床打稿，把我的部分收尾完才能交給總編。

……那邊那位男同學，請不要跟旁邊說悄悄話，「難怪那時劇情接不上來」這種話我還是聽得到的。

剛剛說到哪？喔對。

等到我可以杵著拐杖起身走走散步時，我最喜歡在醫院中庭有花園的一角待著，曬曬太陽也比在床上躺一整天來的有療效，但當我每次到了最常待的樹下長椅時，他總是比我先到，有時候會捧著書看，有時候純粹發呆呼吸新鮮空氣。

那個人的名字啊，我就不說本名了，你們只需知道，他叫易麟，會取「麟」這字聽說是父母親希望他能像古代神獸麒麟一樣，和平長壽，但沒想到生下來的孩子從小體弱多病。

一開始我沒有特別注意到蒼白纖瘦的他，直到某一天他向我搭話。

「好認眞，我第一次看到邊看劇變寫筆記的人耶。」

那天我像戲迷一樣，用手機觀看自家公司發行的最新劇情時——差別點在於，我會用筆記本紀錄我覺得哪些畫面呈現的好、哪些可能觀衆會看不懂而會在定期舉辦的粉絲座談會上提出。編劇寫稿只有大綱與對話，動作與分鏡都是交給導演、攝影師以及操偶師，不到最後後製剪輯我也不知道畫面拍得如何。作筆記除了希望作品能更加的完美成熟，也是要重新檢視當時寫出過去故事的自己。

……雖然眞要講眞心話其實是怕有伏筆忘記收了才需要寫筆記。

「也不算是認眞啦，做這一行的，總是會一再看看耗費心血的結晶。」我記得我是這麼回的，並仔細打量他的外表。

有些凹陷不飽滿的雙頰，淺綠病人衣更加襯托他蒼白的臉色，消瘦身軀只得仰賴輪椅的支撐，那雙眼卻炯炯有神的帶著笑意，已剃了一陣子的平頭看得出努力生髮的跡象，他明明跟我是同輩人，病痛卻使他比表面上來得衰老。

外表看不出來的疾病往往比傷口或骨折來的棘手。

「喔？難道你是導演？」他饒富興趣的問，對我似乎相當好奇。

通常如果有人問我的職業，我都會如實相告，但那天我心血來潮的回他：「給你猜。」不知道爲什麼，我覺得這樣才能延長與他之間對話。

黑色瞳仁轉了轉，「攝影師？」

「那這樣我受傷的理由，就有可能是被攝影器材砸到腳才送醫了呢。」

他咯咯發笑，正想要開口繼續猜時，因遠遠傳來的叫喚聲而回頭：「易麟先生！檢查的時間到了，您怎麼又亂跑！」來的人是負責看護他的護士，我也是在那時知道他的名字。

易麟孩子氣的微嘟嘴，看到一名大男人這嘴部動作不禁讓我感到彆扭：「一直待在病房很無聊。」

「所以我不是說要在時間內回來嗎？」那名女護士一臉無奈，故作生氣的雙手叉腰。

這時他才恍然大悟的尷尬一笑，對著護士老實道歉後轉頭對我說：「不好意思，有空再聊吧，我怕再拖下去不是我而是護士小姐的血壓上升。」

那是我跟他第一次的相遇。

隔了幾天，當我一到中庭同樣的角落時，易麟一看到我便信誓旦旦地指著我說：「你是編劇！對吧？」

我人尚未坐下、拐杖還沒平放好，便急著想得知那天的答案，我腦迴路著實轉了好幾個彎才想起前幾天對話，明白他是想接著那天的後續。

「你怎麼會這麼想？」

「你每次過來到這裡，目的都不同，有時候是看書、有時候是用手機觀劇，但一定都會隨身攜帶你那本筆記本。」他指了指我放在膝上的那本純黑封面的小冊子，「你說那劇是你的結晶，那應該是創作者之一，再加上你的袖口都有原子筆的藍色墨水痕跡，我便大膽猜測了。」他眼裡閃過一絲精光，期待我的答案。

不得不說，我被他的觀察細膩給震懾，但我很壞心的選擇四兩撥千金。

「按照你那天的刪去法其實也只剩下編劇了吧？如果我說我是道具組的呢？」

他偏頭，十分乾脆的推翻我的論述：「嗯，給人的氛圍不像。」他輕笑，「倒不如說，我期望你真的是編劇，所以我不改答案。」

「為什麼？」

微風捲起周圍的殘葉，易麟像撿到寶的孩子露出明媚燦笑：「因為我羨慕很會說故事的人啊！總想著，如果我也能創造自己的故事就好了。」

那刻起，我對易麟這個人產生濃厚的興趣，或許我會跟他成為至交，是源於想看到那般單純笑容的強烈想望。

我越來越常待在醫院的中庭，頻率從兩天一次漸漸變成每天，主要是因為那是我跟他最喜歡的角落，我們會帶著各自的書冊，靜靜閱讀或是分享心得，只限於兩人的小型讀書會，當他問起我是在創作甚麼樣故事的編劇時，我直接給他看當時風雷布袋戲的最新一集。

他饒富興趣的嘖嘖稱奇：「所以這些劇情全部都是你寫的嗎？」

「不是，除了我之外還有四名編劇跟一名總編，大家會一起討論該期的主線劇情然後再分工寫幕次以及角色，最後再由總編統合。」

通常介紹自己的工作時，我已經有心理準備談話者會對布袋戲有膚淺或看輕的想法，但這些負面情緒不存在於他雀躍與好奇的神情。

「好厲害，哪些是你的角色啊？」

我把手機畫面拉到幾幕並充當解釋，一來一往之間，他津津有味地聽著對我來說工作上再稀疏平常不過的大小事。

「對了，之後可以給我看看你們家的作品嗎？」

毫無懸念的，我答應了，能爲公司多增加戲迷總歸是好事，當然我也不會白白直接借片給他，交換條件是每集的心得。身爲編劇，能與閱聽衆直接互動討論比瀏覽網路上的評論來的舒心與直觀。

「那我拜託我的朋友或家人幫我把片帶過來，到你的病房用筆電看如何？在中庭看不太方便。」

那時他以同病房還有其他年邁患者需休息爲由婉拒我的提議，並改約在醫院一樓的咖啡廳，我不疑有他。

現在回想起來，從初相遇起，他便很少主動提起他自己的病情，或許在跟我的相處短暫時光是他在鬱悶的養病生活當中唯一的慰藉，隱隱約約察覺出這點的我體貼的不戳破，但現在想想，我應該多關心他的身體。

我拜託家屬幫我帶風雷布袋戲較好銜接的劇集借給他，你們也知道布袋戲大部分都是長壽劇，要吸引人成爲粉絲首先就得降低第一次觀看時的入戲門檻，他可能眞的很無聊或是在醫院裡沒事做，花了三、四天就把三十集的《風雷俠影》全部看完了，並且很開心跟我分享他看完時的想法。

「前面很悶，但是後面所有伏筆一口氣引爆的感覺很棒！」

「碧血朝陽死的好慘，虧我蠻喜歡他的…」

「這邊有點看不懂，可以告訴我為什麼他的師尊當時會這麼說嗎？」

諸如此類的心得，閱聽衆的感言，無論是疑問、好評或是指教，這些都是隔著螢幕所無法感受到的。

但當我問了幾名角色的劇情感想時，他的反應千篇一律都會是「嗯，我沒有很喜歡他。」或是「後面劇情轉太硬了。」等等較冷淡的反應。

說沒有失望絕對是騙人的，因為那些角色全是出自於我的筆下，但比起難過我更在意原因，「為什麼？」

他則是一臉嚴肅認眞地拍桌說道：「因為這些角色每次都做些讓人很傻眼的重大決定！甚至讓人覺得跟角色的個性不符。」

我相當訝異這說法，甫看過一檔，他便說出了我在創作與編寫角色時戲迷之間普遍的評語。

「拿你剛剛問的『任塵少』這位角色來說好了，原本出場時就是個放蕩不羈、高傲的公子哥，他的出現也是為了帶出『任府』這一劇情線，後來不過是受了一點挫折，以我身為觀衆的角度看來，原本以爲他知道自己不是任家的親生子後會有重大作爲，可能復仇啦、跟反派合作啦，結果他竟然選擇上吊自殺！搞什麼鬼？他的故事線明明還可以帶出更多的陰謀或機密，結果就隨著他的自殺就沒了，跟他一開始給人的感覺差太多了。」

我做出反駁：「那是因爲他一直以來都期望來自威權父親注視的目光，身爲武林屬一屬二的名門世家繼任長子卻不會武功，這一點其實讓他相當自卑，所以才會在知道眞相後走向極端！」這段對話漸漸演變成在咖啡廳的辯論。

「可是我看不出來。」

「怎麼會？任府大廳全家人集合時，任塵少不是常常在他爸面前抬不起頭嗎？」

「光就這點就足以說明他很自卑嗎？而且你怎麼越說越激動？」易麟一臉狐疑，這時我才發現自己說話愈發大聲，周圍的人都往我們這邊看去。

「因爲他是我寫的！」換我忍不住拍桌了。

易麟一臉尷尬，此時他才明白詢問那些角色的用意，「噢。」他單手從額頭抹到下巴處，正在思考著要說些什麼。

「我問你一個問題，請不要覺得被冒犯，但……你是不是不太會寫感情線？」

被說到痛處的我嘴角微微抽蓄並緩緩點頭，這點我得承認，感情是我的弱項，我可以寫出十惡不赦的反派，也可以編出老謀深算的陰謀家，將隱藏許久的伏筆加以運用並引爆，但如果要我寫單純的愛情戲碼不知爲何就是會寫的很彆扭不順手，「任塵少」是我嘗試寫親情線的一名角色，現在聽來想必在戲迷之間該是差強人意。

易麟雙手抱胸，眉頭深鎖，我突然感到抱歉，明明是我先提及，但卻爲了那無謂的自尊心，而與新戲迷起劇情上的口角。

他舉起食指說道：「那我覺得這部分你應該多寫些任府主跟他兒子之間的互動，又或者是利用他與其他人之間的對話時，有意無意穿插他對父親的想法，至少你得讓觀衆有跡可循，這些都可以在偶的動作上呈現，雖然也有可能我第一次接觸，所以對戲偶的演出還沒那麼敏銳。」

「或是你也可以反過來，讓他知道眞相的時候，安排一些回憶片段，或是讓他對父親質疑或對峙的片段，我想這樣觀感上應該就不會看起來劇情直轉直下了……不過這只是個人想法耶，有需要特別寫下來嗎？」

等我注意到的時候，我已經將他這一番見解寫在筆記本上了。他的意見對我來說無比重要珍貴。

「有必要，當局者迷，旁觀者總是會發現我在寫作時忽略的要素。」這種話我不會對家

人或是身旁其他知道我在創作的朋友說，通常他們只會批評但也無法提出實質的改善建議，

「可以再告訴我更多嗎？譬如這名角色……」

「那我就不客氣囉？」

「還請嘴下留情。」

燈火通明的病房裡，在醫院待了為期一個多月住院生活的我被告知明後天便可出院，只需定期回診與復健，鬆了一口氣的同時卻感到些許寂寥，除了得再度回到現實工作的無奈感，更多的是得與易麟分別的落寞。醫生離開我的病房後，我隨即撐起我的拐杖前往他的病房。

雖然易麟總是三緘其口，但我老早便從照顧他的護士口中探聽到他所在的病房號碼。

當我拖著不方便的雙腿來到了他所處的病房走廊前時，卻見幾名身著淡粉色護理服的護士拿著點滴與醫療器材，忙進忙出，其中一名年長護士擋在門前面色不善的詢問我來此的目的：「請問是要找誰嗎？」

「我找住在這間的易麟先生。」我自認口氣和善客氣，但皺著眉頭的護士依然冷冰冰的謝絕我的探病，並告知讓我不安的消息。

「那名患者在今天早上陷入昏迷，很抱歉，今天不見客。」

昏迷？我心一凜，但那名護士無論我如何詢問都不告訴我原因，我只能從門口的縫隙窺見病房深處被拉上簾幕，以及器材的運作聲響。

易麟從沒在我面前透漏隻字片語或身體上的不適，然而他的病況已經嚴重到會陷入昏迷了嗎？他會不會、就此昏迷不醒？種種臆測吞噬我不安的內心。

我呆坐在走廊上的公共椅，也不回自己的病房，此時從他的病房走出一名護士，我眼尖的認出她是時常來叫易麟回病房那名短髮護士，我馬上叫住了她。

「咦？您是常常跟易麟先生在一起的那位君岸先生……」意外的，她也認出了我。

原諒我在此時使用你們熟知的編劇名，在這個故事裡，你們沒必要知道我的本名。

「請問易麟先生是怎麼了？他爲什麼會突然昏迷？」我馬上起身，不顧還打著石膏的雙腿走到她面前。

我後來才知道，這名護士小姐姓洪。

洪小姐面有難色地看了病房裏頭，確認暫時不需要她的幫忙後帶上門，「你先冷靜，狀況已經穩定下來了，現在只能等他慢慢醒來。」

「他到底是得了什麼病？爲什麼都不告訴我？」或許是感受到洪小姐無意隱瞞，口吻隱藏不了擔心。

「我可以告訴你，那相對的，你可以幫忙勸勸他多待在病房裡休養嗎？」

我跟易麟不過萍水相逢。事到如今，我當然不可能這麼說，我點頭，答應了會讓好友困擾的條件交換。

在我百般請求下，隔天我穿上青綠色隔離衣進入他的病房，他的主治醫生將他轉移到加護病房，我注視著他蒼白的病容，彷彿一眨眼他就會煙消雲散；一夜已過，他仍未甦醒。

紅斑性狼瘡，那是讓易麟年紀輕輕卻已一身病症的元兇，也是一種自體免疫性疾病，平時作爲保護外來病菌的免疫細胞因不明原因攻擊自身細胞與組織系統，早在我住院前一個月前易麟便已緊急送醫。

「按照病歷來看，他其實以前就曾經得過『皮蛇』，也就是帶狀疱疹，罹患皮蛇的患者如果在免疫系統下降時，就有可能引發紅斑性狼瘡。」

而易麟的情形便屬於這型，住院至今快兩個月狀況時好時壞，明明他好不容易才轉到普通病房，但昨天忽然的高燒昏迷又再度將他拖回了孤單的加護病房。

「紅斑性狼瘡很難根除，平時也須多加注意飲食與小心不被感染，就算病情比較輕微也絕不能掉以輕心的病狀。」洪小姐語重心長地跟我說，某方面似乎也是在告誡我，「易麟先生總是笑著跟我提起您，我想不告訴您病情也是不希望您跟他相處時有負擔。」

昨天我只能皺著眉頭聽著洪小姐淡淡描述，我不知道紅斑性狼瘡竟是這般危險的病魔，難道我與他每一次的會面，其實都讓他暴露在感染的風險之下嗎？我默默地在他的病床旁拉了一張椅子坐下，任由無力與罪惡感慢慢啃蝕不堪脆弱的心，從相識至今，便在不對等的互利關係之下，他從沒讓我困擾過，我多次在他身上得到寶貴的意見。

然而我呢？我能帶給他什麼？

這簡直比快把角色寫進死胡同來還要來的無力與無奈。

醫療器材規律性的進行他的職責發出儀器聲響，我或許等了半小時或是一個鐘頭，這不重要，但當我聽見那句虛弱身體伴隨著咳嗽聲並甦醒時，才眞正鬆了一口氣。

「咦？君岸？你怎麼在這裡？」他有些驚慌地想撐起上半身，卻力不從心。

我按住他的肩膀故作沉穩的說：「躺下，我先倒水給你喝。」薄薄一層的口罩使我的聲音聽起來悶悶不樂，他想了一下乖乖的倒回不透蓬鬆的枕頭，看到我出現在這裡，他才啟唇說起遲來的坦白。

「你……都知道了嗎？」

我故作開朗揚聲道：「等等，不要用這種口氣做這種開場白，如果眞的覺得對我隱瞞讓你很不好意思就趕快給我好起來，你生的病又不是絕症。」

「若我記憶沒出錯，我剛剛才從昏迷中醒來耶。」被我的言論逗笑，然而眼裡卻藏不住幾絲疲累的神態，「我後來才從我媽那裡知道，家裡有長輩死於紅斑性狼瘡，遺傳病因早就潛伏在我的身體裡了。」

「就算有遺傳，發病的機率也應該沒那麼大吧？」

「是啊，我生這病最大的原因，主要還是過勞。」他無視我驚愕的目光，淡然的口吻彷彿只是在聊隔壁鄰居的八卦，而不是自己身體的病情，「我爸在我國中時就去世了，留下我媽跟我兩個人相依爲命，我不是很會讀書，我媽又那麼辛苦，就想著要趕快工作，畢業後我就跑去做貨運司機，那時想說我還年輕，能跑幾趟就多賺幾趟的錢，半夜回到家睡四個小時左右只是家常便飯。但看來我還是太高估自己的身體了，兩個月前我就忽然倒下了，該慶幸還好不是在駕駛座上，不然你現在就看不到我了。」

他試著輕鬆帶過自己不健康的生活卻讓我氣得直發抖，都已經工作到生出病來了，爲何還不多多愛惜一下自己的身體？或許是從深鎖的眉頭看出我的不滿，他連忙補充：「別誤會，我當然也不想死，這兩個月我可是都很乖乖養病的，昨天的昏倒是意外。」

「你的醫生說會再調整劑量。」

「唉，饒了我吧。」易麟一聲哀號，沒充分吸收營養的扁瘦臉型更深陷於蓬鬆枕頭裡，他偏頭直盯著我，「我現在很慶幸那天有鼓起勇氣向你搭話，能在這種無聊的醫院找到從事嚮往職業的人總是好事。」

「嚮往職業？你是說編劇嗎？」

「我從小就喜歡看書，喜歡看故事，我對課業沒興趣，在學校裡讀的都是課外讀物，我曾經想過要成爲作家或小說家。後來我爸走之後，有一次曾試著到出版社投稿作品，但被退稿，我之後也沒有時間修稿，所以知道你是編劇的時候我眞的很興奮。」

我想起他曾經說過很羨慕會說故事的人，也嚮往創作自己的故事，但要無中生有的創作故事並沒有一般人想像中的簡單，寫小說或故事就像是一場與自己對話的旅程，必須不停的質疑、修改，確保劇情發展不會衝出架構或爆走，而且更是挑戰自我耐力，要完成一本書絕對不能對自己筆下的故事感到厭煩，如果連作者都不喜歡了？怎能奢望會有讀者覺得創作出來的故事有趣，持之以恆寫出完結。

「對了，你怎麼找到我的？我應該沒告訴你我的房號吧？」

還眞敢說，要不是你昏倒了，我怎麼可能有機會探聽到你的護士。當然，這句抱怨我就埋在心裡不說了。

「……我只是來告訴你，我要出院了。」原本秉持著要道別的心情告知，然而現在我並沒有那般的肯定了。

「眞的嗎？恭喜你！」他揚聲樂道，然而他的眞心祝福卻令我感到不捨與些許難堪。

我還能爲他做點什麼事？

「你甚麼時候出院？」

「明天。」

「這麼快啊，那謝謝你還特地來告訴我，祝你順心。」

「我只說我要出院，並沒有說我不會來探病。」我很不喜歡他說的好像再也不會看到我一樣的訣別語。

「上次我朋友說還會再來探病時，是我剛住院沒多久，那時還有很多人來探望，口頭約定一向不可靠，當然我也不是在埋怨，但我不強求對你來說很勉強的約定。」易麟淡淡一笑，透漏了多少寂寞與苦等，我不知道。

我只想向他證明，我跟其他人不同。

「你知道嗎？創作一名新角色之前最好要先有個定位。」

「嗯？」易麟對於我這天外乎來一筆的評論感到困惑。

我繼續道：「定位後，喜歡的設定、討厭的特質，以及人物大致上的劇情走向，這些都可以天馬行空的亂想。如果此時有另一名創作者一起討論故事，就一定會有不同的靈感火花迸發。而且在亂想的同時，若有更爲理性的創作者在旁，就可以避免人物後續劇情轉太過強硬的情況發生了。」

易麟的瞳孔隨著理解話裡弦外之音漸漸瞪大，我把椅子拉得更靠近病床邊：「若同爲創作者夥伴，那我就不得不常來醫院找你了，對吧？」

他抿了抿嘴，面容閃過難以置信、不解、感嘆，以及不敢太過張揚的開心，還有我讀不出來的神情。兩眼一閉，再度睜眼的他眼尾似乎閃著淚光，當然也有可能是我自作多情。

他向我道謝，臉上帶著是與那天相似，彷彿圍繞著太陽光的燦爛笑容。

這是我能爲你做的事。

在那之後，我便公司與醫院兩頭跑，至少都會保持一個禮拜一次到他的病房，他花了一個月的時間才成功轉回普通病房，雖然我在出院之前承諾過說會跟他一起創作角色，但他說太過突然希望等到他靈感來臨、醞釀好創作的心情後再執筆，於是我一開始會先詢問他建議一些無關緊要的角色名字或是兵器名，有時候我也會偷偷給他瞄幾眼還在修飾過的劇本，並且跟他約法三章絕不能洩漏給第三者知情，畢竟這事關公司的名譽與秘辛。

總地來說，我為易麟破例了許多次。

「你可以慢慢想，你不是專業人士，這種事情本來就急不得。」

「嗯，我可以以你為藍本做發想嗎？」

我莞爾一笑，「可以啊，我說過一開始天馬行空也無所謂。」

直到他開口說出想到新角色的名字時，已是秋末冬初，雖然在雲林的天候氣溫差別並不大，「絕藏，我想叫他絕藏。」

他想創作出一名殺手耽溺在復仇深淵裡，但在日後與之重逢的友人調查之下才發現另有隱情，類似這樣的陰謀故事。

「那他的好友呢？」

「給你來想，既然都說是共同創作了，你要不要也用我的形象創作一名角色？」

實在是相當亂來的提議，但我欣然接受。曾幾何時，這種單純的發想故事不復以往，在工作場合裡我滿腦子只希望如何創作一個又一個高人氣又有口碑的角色，但這般逼迫自己思考能力往往令我感到疲憊，只有在跟易麟一個禮拜一次的見面裡能讓我最為放鬆。

於是他設計出了蒼鴞絕藏，我則是創作出風凝泉，並且將蒼鴞絕藏安排在《伏天錄》的下一檔後期集數出場，你們應該看看當我把刻好的蒼鴞絕藏實體偶，拍給易麟看時，他的反應是什麼？他高興得幾乎想在病床上手舞足蹈。

那時我對他說：「等你出院，你試著投履歷到我們公司吧？說不定會有工作機會。」我話不敢說的很明，其實我很希望他可以成爲編劇群的一份子，這除了是看好他的天分之外也帶有幾絲私心，最主要的原因是希望他趕快好起來，他已經住院住半年以上了。

「我會的，謝謝你。」邊咳嗽邊表達他的感謝，卻絲毫沒有安慰到我。

這則故事就像是布袋戲許多角色迎來的悲劇一般，易麟的病情在去年的春天急轉集下，他第二度被送回加護病房，然而這次卻需要戴上維持生命用的呼吸器，紅斑性狼瘡併發肺炎，爲了將氧氣送到他的肺裡，醫生只得幫他氣切，在他生命的最後一段日子裡，他無法飲食也無法說話，他只得用寫字的方式與我對話。

好幾次、好幾次，我進入他的病房之前，得先深呼吸幾次才敢開門，在我面前，他總是試著活用臉部肌肉拉扯出令我看了難過的笑臉，我愈來愈不敢問他打算如何寫出蒼鴞絕藏跟風凝泉這兩人的結局，對我來說，這兩名角色只是在長遠戲劇裡的過渡期，但對易麟而言，這極有可能是他最後的牽掛。

「結局，寫不到」

草亂模糊的字跡寫在我買給他的小白板，他已經連寫出完整句型的力氣都喪失了。

「別亂說，等你好一點你在跟我說說看你的想法，你只是累了。」

但安慰他的同時我卻也在安慰我自己。

時間飛逝，公司已喬定《幻魔荒道》的開拍期，我再怎麼拖延還是得把完整的大綱劇本交出來，但我還是希望能得到另一名作者的想法。在我心中，他早已是盞明燈，但當我啟程去醫院探訪他時，便接到一通陌生來電。

當來電者表明是易麟的母親時，我便已得知，卽便我絞盡腦汁，蒼鴞絕藏與風凝泉的結局，也絕不完善、完美。

「他今天中午剛走……」艱難吐出這句話的中高年婦人，細碎哭啞了聲音。

無力握緊的手機，隨著我失重的心，狠狠墜落地面。

破碎，龜裂。

第八章

這場自白比想像中耗時，君岸講了幾句必須要想辦法以淺顯易懂的方式再度詮釋給蒼鴞絕藏聽，約莫四十分鐘過後，君岸飲了一杯水作爲結束。

「聽完這个故事，你會當明白，我因何會講眞正創作你的人，是易麟毋是我。」他清了清講得乾嗓的喉嚨，「減一名創作者，莫怪你會不滿，但彼當時我干焦會當寫出彼款結局。風凝泉共你，易麟和我，兩邊都無法度有乎人歡喜的結局。」

若是在還沒聽過易麟的故事以前，葉雨荷覺得自己鐵定又會忍不住發聲，但現在，在那聽似平靜的語調裡，是否隱藏著太多哀愁與思念？回顧之前君岸的固執己見，雖然他嘴上說是爲了後續發展才會這樣寫，但現在想想，說不定他是在隱瞞自己無法在單獨一人的情況下，寫出能讓死去友人與自身滿意的發展。

「可是……你是專業的編劇……而且你在他……離開之前眞的都沒有和他討論過最後的劇情嗎？」益宏依舊震懾於易麟的逝世，他覺得在當事人的面前提到死亡相當的不妥。

然而君岸自嘲一笑：「在我心中，風凝泉與蒼鴞絕藏是跟隨易麟的腳步，迎向死局。」眼前的他已不是創造許多粉絲心目中經典角色的厲害編劇，而是在短暫尋得知音後卻又痛失友人的普通人，即便已過了一年，他仍在哀悼，透過毀掉筆下的角色。

「那他剛剛提到的自暴自棄又是甚麼意思？」花芊雯問了在場衆人尚未解惑的問題，君岸鏡片底下的瞳仁閃爍幾瞬。

「關於這點嘛……我還眞不知道易麟是怎麼知道的。」他推了推眼鏡，「其實我已經決定好寫完下一檔的劇本後，要離開風雷布袋戲。」

「咦！」布研社三人難掩錯愕，蒼鴞絕藏則是皺起眉頭。

「他離開以後，我總會忍不住想：如果是他，他會怎麼寫下一步？如果是他，會創作什麼樣的角色？這不是忌妒，但我已經沒有辦法在這種半調子的狀態下當編劇。」

「等一下，那你離職後……」花芊雯先看了兩名後輩確認他們陷入巨大的震驚過後，再度擔負起詢問的代表。

「可能休息、可能轉換跑道，我自己也還不確定。」

平心而論，在這業界裡，員工或編劇離開並不是什麼新鮮事，但通常都是源自於小道消息或八卦，親耳聽到本人的離職意願依舊相當震驚。

「所以，很失禮，我無法完成你的願望。」君岸對著始終不發一語的蒼鴞絕藏微微低頭，比起之前現實層面的理由或藉口，此刻他是眞心感到愧疚。

葉雨荷緊張的視線揪著兩人左右來回，而君岸似乎是覺得再談下去也無法有雙方皆滿意的結果，他站起身說道：「總之，今天請先留在片場，我會想辦法說服老闆跟其他編劇戲偶找回來的事……」

「如果吾說，吾有辦法讓你與易麟見面呢？」

葉雨荷想，他們或許是太過習慣對這世界懵懵懂懂的蒼鴉絕藏，那樣子的他真的很可愛，讓人放心不下，但他們似乎忘記了，在來到這世界以前，他身為殺手的既定事實，以至於當他再度亮刀砍向毫無防備的君岸時，沒有人來得及喊聲或是做出任何行動。

他們只聽聞，劈開空氣的聲音伴隨著他一聲喊：

「一念之間！」

彷彿要吞沒所有事物一般的，空間被白光淹沒，霸道的奪走一切色彩與視線。

※※※

最先回過神來的是石益宏，他狠狠地甩了自己一巴掌，驚覺最後恍神前的白光不是錯覺，方才在場的所有人保持著在會議室裡的姿勢，若不是眼前是純白一片的奇妙空間，他或許會以為自己的視力出了問題。

「中文仔！學姊！醒醒！」對待異性他當然不可能同樣以巴掌比照辦理，他分別用力晃搖兩人的雙肩，花芊雯與葉雨荷如大夢初醒。

「咦？咦？這是哪裡？」花芊雯不安的東張西望。

「絕藏！」葉雨荷跑向背對她們、離幾步之遙的蒼鴞絕藏，她直覺這空間是灰髮殺手所爲，後者維持著提刀的姿勢，卻毫無預警地向後倒下。

葉雨荷及時懷抱住倒落的身軀，少女難以支撐一個男人的重量，她抱著他跪落在地，心急的呼喊緊閉雙眼的殺手：「絕藏！絕藏！」

好端端地，她無法理解爲何蒼鴞絕藏會忽地失去意識，而這一點，呆站在他面前、前幾秒還被他用鷹蒼刀直指的君岸也完全摸不著頭緒。

從蒼鴞絕藏的胸口忽地冒出一小白光點，若他現在清醒，必定會想起那是曾在夢境裡所見的那抹白光珠。純白光點像是有自我意識的飄向編劇的一步跟前，隨即扭曲並慢慢拓展成一道纖細人影，並從四肢末梢漸漸散去白光，指尖、臂膀延伸到眼臉，很快的一名完整的人類便站在他們的面前，要不是他的服裝有多麼的不合時宜，葉雨荷可能會誤以爲又是布袋戲世界冒出另一名先天型角色。

眼前這名纖細瘦弱、面色蒼白男子，身著只遮掩到小腿的青綠病人服，手臂上有大大小小並非是被毆打的瘀青，看起來比較像是經常打針後留下難以癒合的痕跡，不健康的凹陷雙頰但卻滿懷懷念的笑著說：「好久不見，過了這麼久，終於能用自己的聲音跟你說話了。」

但在聽到君岸倒抽一口氣後吐納出的名字，又再度嚇壞了三名大學生。

「易麟……」擔心這是如夢似影，緊緊扣住對方雙肩的手顫抖著，如同他生前骨瘦如材的觸感，他啞了嗓音，努力克制快要奪眶而出的男人淚，「可是、這怎麼可能……」

蒼白男子——應該說是易麟，也單手回握了君岸的肩頭，笑著說：「哈哈，竟然還會問我這問題，你眞的當編劇當的很不稱職喔。」

一聲稚嫩短促的「啊！」出自石益宏之口：「一念之間！是蒼鴞絕藏的術法。他很少用過！畢竟這也不是殺招。」

「一念之間」，也是幻族秘傳的獨門招數，如果說「黃泉一夢」爲讓中招者死於自己最爲害怕的死法，那「一念之間」則是中招者當下最思念的凝聚體現，在正劇當中，蒼鴞絕藏曾使用過一次並完成殺人委託，當時他讓中招者在睡夢中夢見死去的妻子，太過眞實的場景令那人魂牽夢縈，以至於卽便身首分家，滴血的頭顱卻依然掛著安詳的睡臉。但此刻這空間似乎又與他們較熟知的「一念之間」不完全相同。

令人懷念的鬥嘴，君岸破涕爲笑：「哪有，我當下想的才不是你，而且『一念之間』哪有創作這種空間移轉的效用，這可不是我設計的。」

「因爲中招者不是你啊。」易麟帶著一抹神祕的笑，露出兩排略黃的牙。

葉雨荷低頭看了看昏迷的蒼鴞絕藏，腦海裡閃過幾絲可能性：「難道說……他其實是對自己施招，不、不對，應該說，施招的對象是易麟……先生嗎？」似乎對這想法感到異想天開，葉雨荷語末不確定的小聲道。

反觀易麟則是爽朗的輕笑：「哈哈！同學猜的眞準，畢竟當你離開人世時，你只會在彌留時感到一片安詳，最後徬徨。」

「甚麼意思？」花芋雯皺眉頭問道，她不喜歡死後的話題，就如同君岸不喜歡易麟對自己的死太過無所謂。

「我想我可能是爲了等上這一天，所以才會茫然的在陽間打轉，絕藏會對自己施予『一念之間』，是因爲他早就察覺到他的身體還藏著另一縷靈魂。」

君岸大吃一驚，他沒有任何宗教信仰，但對於靈魂之說是抱著寧可信其有的想法：「這麼說你……一直都在？」

「正確來說，我一直附在蒼鴞絕藏的戲偶上。」

※※※

白晝是開燈後的木偶間。黑夜則是熄燈後伸手不見的寂寞空間。

起初他連自己是否有意識都不曉得，在半夢半醒間，時間流逝也模糊不清，眼前所接收的一切有時候會在腦海裡重複撥放，就像壞掉的監視器一般，而且還不能調整角度，這樣的日子持續很長一段時間。

直到某一天，當他被人雙手捧著要進場拍攝時——當然，那是他後來才意識到的——玻璃珠般的瞳孔映入從走廊另一頭走來的君岸身影，他才終於回想起自己生前的名字、死亡的原因，以及自己現在的處境，早已身亡的他靈魂困在一尊戲偶裡。而這也是蒼鴞絕藏在夢裡不斷徘徊的場景。

他是曾聽過萬物皆有靈這一說法，但他從沒想過自己也會變成偶靈。而驚覺自己成為偶靈是一回事，判斷自己附身在哪一尊偶上則又是一段有趣的經歷。

頻繁的被操偶師帶偶上場演戲，依靠著生前與友人討論出的劇本，以及與「他」飾演對手戲的其他尊偶來判斷，不難猜想就是由他創造出來的蒼鴞絕藏。當然他一開始覺得相當有趣，但不久後就疲乏了，他只有在操偶師舉起他時，才能感覺自己身為人類的感覺，不然其他時候他就跟死物一般只能在木偶間瞪著其他的戲偶，雖然他早就死了。

「導演，我想跟你提一下劇本的其他細節。」

更別提當他聽到熟悉的友人聲音時，他更加痛恨自己爲什麼現在被困在一尊戲偶裡。而或許是視覺被限制住的關係，他的聽力變得愈發的銳利，好幾次他都盼望著君岸可以偶爾進來木偶間，在死之前好友沒能見上他的最後一面，說不定就是這思念太過執著，老天爺才讓他成爲片場的偶靈。

在那之前，他能做的，只有靜靜等待，與扮演好蒼鴞絕藏的戲份，曾幾何時，他把上戲時的自己當作是一名演員，努力扮演好幻族殺手蒼鴞絕藏。

「老闆我……可能只能做到今年而已了。」

那一天，他拍完蒼鴞絕藏最後的戲份，操偶師把他安置在一旁，好友君岸的聲音離他相當近，但就是不在他的視線以內，上次聽到他的聲音是甚麼時候他早就懶得計算，好不容易能聽到他的聲音，偏偏他說的是讓人傻眼的喪氣話，他無法理解爲什麼他不繼續做下去。

直到君岸表明自己已經喪失創作的熱情，他覺得生前名爲眼眶的部位一熱，這很詭異，他不應該感受到溫度才對。

他很想對友人說一句「不要自暴自棄」，就像他生前常常鼓勵他那一般。

隨著那人腳步聲的遠去，在那之後，他再無聽見友人平靜但令人懷念的聲線。

※※※

有些人會懼怕陶瓷娃娃或是布袋戲偶這類做的十分精巧擬眞的人偶，無論是東方或西方，對於人偶爲主角的恐怖故事更是不勝枚舉，花芊雯曾經有聽那位在片場工作的朋友說過，業界人士對於戲偶是否附有靈體這是一律抱持著「寧可信其有，不可信其無」的想法在對待戲偶，好幾年前老字號公司的片場曾發生過大火，許多戲偶慘遭祝融肆虐，聽說當時公司爲了葬身火場的戲偶們辦了好幾天的法會。

圈外人是或許會覺得荒唐，但那不僅僅是對戲偶的不捨與感念，同時也是對或許有附著於戲偶上靈體的敬意。

布研社三人也對偶靈這事秉持著平常心……這麼說吧，如果眞的有偶靈，且會自己動起來的話，花芊雯反而想見識看看，尤其是社團的大偶，這樣它們就可以自己擺好姿勢，省得她們每次都喬得老半天還無法擺出令她們滿意的帥氣姿勢。

只是她們眞的沒想過，死去的創作者會以偶靈的身分附在蒼鴞絕藏這尊戲偶身上。

「那，又爲什麼你後來會被送來小荷家裡？本尊偶不是都會好好的放在木偶間裡嗎？」

花芊雯問出了她們百思不得其解的疑問，也是整起事件最引人疑竇的盲點。

易麟轉頭對壞抱著蒼鴞絕藏的葉雨荷致上歉意：「本尊偶是怎麼被弄包放到要進送給你的包裹我不知道，我只記得當我在葉雨荷妳的房間裡，看到妳當時正在撥放蒼鴞絕藏的片段時，意識感覺到一股擠壓與拉扯，靈魂產生共鳴，我便忽然驚覺這是我唯一的機會，於是我便試著跟絕藏對話，試圖引領他來到這裡，很抱歉，我很自私，因爲我只希望能再見到好朋友一面。」

「易麟你……」

「你啊，眞的讓人很放不下心。」易麟瞇起雙眼輕笑：「我只想告訴你，就算你對自己沒信心，在我心中，你永遠是最棒的編劇。」

終究敵不過最眞誠的話語，君岸用手背胡亂的抹擦微濕的眼角，他的口吻顫抖的連自己都感到受不了：「我……還有很多話想跟你說，但我最想問的是，如果是你，你希望怎麼編寫？」

石益宏與花芊雯屏息以待，能夠改寫蒼鴞絕藏與風凝泉劇情的關鍵，取決於易麟身上了。

易麟微愣，他似乎沒思索過友人會問這樣的問題：「坦白說，可以的話，我當然希望蒼鴞絕藏跟風凝泉可以活下去，但如果你堅持離開風雷布袋戲的話，在這裡畫下句點，我認爲也是個很棒的斷點。」

「怎麼會？」花芊雯不敢置信，理智上，她也覺得易麟沒說錯，但情感上，她還是希望蒼鴞絕藏的夙願能夠實現。

「而且，你這問題問錯了，君岸，應該要問的是，你想改寫結局嗎？」

「我……」君岸握緊拳頭，「其實，我想改，可是……除了想不到更好的寫法之外，我仍然會離開這間公司，我……並不希望由你跟我以外的人寫這兩名角色的後續故事。」

編劇會離職，但角色依然會在看不見的舞台上演出，有些編劇若不想讓其他編劇將還在檯面上的角色接著撰寫後續，又或者是寫得最自豪、最滿意的角色，在離職前會選擇將筆下的角色退場，親自為人物們畫下句點。考量到公司的利益，人氣越高的角色越難這麼做。蒼鴞絕藏以劇情與戲迷的聲量來說，雖然有一定程度的人氣，卻不是現行劇情上非活不可的必要人物。

戲外角色的人氣度有時也會影響布袋戲人物的存活。

「這樣啊……」易麟溫柔地看著摯友，他這麼重視由他倆編撰故事的唯一性令他感到窩心，他目光投向沉睡的蒼鴞絕藏，雖然這麼做很殘酷，但已死之人不介意由自己來說出口角色判死刑的話語：「同學們真的很抱歉，但關於蒼鴞絕藏的事，恐怕只能……」

「請等一下。」

清亮但堅定的少女嗓音打斷易麟未完的語句，同為社團的一員，石益宏是第一次看見葉雨荷這般嚴肅的一面，但眼尖的他還是捕捉到少女微微顫抖的指尖與背影，她輕輕讓懷中的蒼鴉絕藏躺平以後，深呼吸彷彿要將緊悶在胸口的秘密掏出一般的道出話語：「他的故事，可不可以讓我來寫呢？」

「咦？」

「小荷？你在說什麼？」

少女的發言讓兩名布研社成員難掩驚訝，易麟餘光瞄向君岸，發現他也是一臉茫然，想必在場的所有成員是初次耳聞。

「我記得，你叫葉雨荷對吧？雖然由不是專職編劇的我來說你可能會不滿，但這可不是兒戲喔。」易麟筆直地望向少女，「要將腦中所想並且有邏輯、脈絡順暢的寫下來並不容易，何況不是自己的角色。」

君岸向前一步與易麟並肩站立，讓葉雨荷有種面前擋著絕壁的錯覺：「我知道你捨不得他，但從戲迷或粉絲的角度撰寫他的故事只會讓你跟他受傷，你也知道我們這一行，常常被人批評吧？」他停頓了一下，也許是在斟酌其詞。

一百個人觀看劇情便會有一百種不同的解釋，單一劇情不可能討好每一名觀眾，何況是要接手已經有基本人氣的角色故事，寫出來的風味眼尖的戲迷一品嘗便知道，這種時候編劇就得有遭受罵名的覺悟。

「再說，劇情發展到現在，風凝泉被毒殺，蒼鴞絕藏戰死他們兩個人基本上已經……」

「真的是這樣嗎？」

第二度的打斷，葉雨荷也覺得自己這樣很沒禮貌，但努力提起的勇氣若不趁著氣勢高漲時說出口，她怕自己也會忍不住退縮。

「什麼意思？」

「你留了伏筆，就在絕藏生日的前一天，他們兩個有過一段對手戲，」被葉雨荷這麼一提點，石益宏想起前幾集數的劇情，並且訝異中文仔竟然連細節都記得這麼清楚，那時候風凝泉要轉身離開以前有在蒼鴞絕藏耳際說悄悄話，畫面上有演出這段，但之後馬上拉遠景，而且悄悄話的內容爲何沒有演出來，「之前絕藏來我家的時候我有問他那時候風凝泉到底說了什麼，你知道他回什麼嗎？他竟然跟我說不知道，而且記憶很模糊，很難想像他會不記得風凝泉對他說過的話，於是我便想到了，是不是當初在劇本裡也沒有寫清楚呢？」

君岸神情閃過幾絲訝異，葉雨荷決定趁勝追擊：「君岸先生您說不想要讓其他人來接寫，但您特別留了這段空白的伏筆又是爲了什麼？我想只要稍微改編一下，蒼鴞絕藏跟風凝泉說不定就不會死了。」

她一邊說一邊翻找不知為何也跟著出現在這空間裡的後背包，並且從中翻出一小疊用燕尾夾固定好的稿紙，看得出來除了用墨水印出來的字跡以外，書寫者還用紅筆或藍筆在稿紙上塗塗改改，不難想像字裡行間經歷了多少靈感與故事邏輯的調整與妥協。

「我試著改了一些劇情，以不影響現在主線劇情為前提，如果那時候風凝泉其實是想要事先警告蒼鴞絕藏的話，那如果是這樣安排的話……請問兩位覺得怎麼樣？」直到剛才還算冷靜分析的葉雨荷在遞出稿紙給君岸與易麟時，口吻轉為不安與膽怯，她緊抿著唇，只有那目光依舊炯炯有神的直視兩人，就像是要說服客戶的上班族一樣拚命。

君岸瞪著葉雨荷的雙眼，仔細判讀眼神其中傳達的信念後才接過稿紙，易麟湊近他身旁跟著他翻頁的速度閱讀，紙張翻頁聲在這純白空間裡格外響亮，原本還持懷疑態度的君岸在翻看了幾頁以後越翻越快，看完一遍還不夠甚至還重新翻閱第二遍；易麟知道這是他在看到讓他有興趣的小說或劇本時會有的反應。

通常還會伴隨著單手抹嘴，雙眼飄移，像是難掩興奮一般有節奏的踏著腳。

他可以理解，因為這本草創劇本雖然沒那麼成熟，但確確實實為風凝泉與蒼鴞絕藏尋出另外一條生路。

「妳現在就讀的是相關科系嗎？」

「咦？啊，是的。」

「你爲什麼會爲了他這麼拚命？」

現在是在進行面試嗎？而且這問題不管怎麼聽似乎都有些曖昧……

她在心中揮去不合時宜的念頭，深呼吸、輕撫著胸口，邊回憶那晚的情形邊說道：「因爲，我跟絕藏約定好了，就在他來我家住的那天晚上。」

※※※

「你想欲挽回的……是風凝泉的死？」

他不知道自己現在的笑容看起來如何，但葉姑娘在猜對他心中悲願時，緊抿著嘴，苦悶的五官皺在一起彷彿剛喝下一碗剛熬煮好的中藥一般。從相遇以來，她總像是代替淡漠的他表達情緒一般，有時候明明不關自己的事，但心情卻比他更加的外顯與外放。

太過好奇，他曾經問了石益宏，當時石公子毫不保留的這麼說。

「因爲她眞合意你啊，」理所當然的答覆，令他微微瞪大了雙眼，但或許是太過直白了，石公子接著補充：「應該說，她眞合意你的劇情，是你的戲迷，角色歡喜，她會綴著歡喜；角色若哭，她嘛會綴著艱苦。」

他還記得葉雨荷剛迷上蒼鴞絕藏的時候，天天在社團興奮的談論起他的劇情，非常的熱衷，當然他完全可以理解，不同的點在於他個人偏好的是整體劇情的精采度，葉雨荷偏好角色個人的故事。

「就是因爲這樣所以才會買你的尪仔，你要知，你來到這個世界，最歡喜的人是她。」

或許就是因爲有這段談話的關係，他似乎沒那麼意外，葉雨荷能得知他的願望。

「我毋知影……毋知影阮有法度說服編劇無。」

以現有的劇情來看，風凝泉已死，就算《幻魔荒道》第三十集重拍，恐怕也只能改變戲迷觀感上故事尚未走到結尾的蒼鴞絕藏，要救風凝泉實在很難。

她說「阮」，就連這時候也視爲這是她們三人要達到的目標嗎？「吾明白。」所以他並沒有打算說出來，徒增布研社三人的煩惱。

葉雨荷想起他剛到這世界的第一夜，那時因爲她的不經大腦，用口語傷害了他，這件事一直讓她很自責，但仔細一想，從最初他就只打算要救風凝泉，沒有要改變自己即將會戰死的故事結局。

如今被她知道了，她怎麼可能袖手旁觀，就算被說是多管閒事也無所謂，打從蒼鴞絕藏以人類之姿出現在她的房間裡，她就有理由插手插到底。

靠著陽台身子微微轉側，夜晚的涼風吹著她沒有綁起來的黑髮，她直直地看著蒼鴞絕藏，語氣與眼神誠懇地說道：「絕藏……如果，我是說如果喔，如果君岸不願意幫你改寫，可不可以讓我來寫呢？」

一陣較為強勁的風襲來，吹亂兩人一黑一灰的長髮，但沒有因此吹散葉雨荷的提問，或者該說是要求，此時蒼鴞絕藏才轉正身軀回望葉雨荷，多少有帶有責備與警告意味的反問：「汝知影這代表什麼無？」

「明白，這代表我必須要對你的人生負責。」

「既然明白，那姑娘為何……？」蒼鴞絕藏皺起眉頭，要再次成為他人筆下的玩物，那他寧願像君岸寫的那樣戰死沙場。

「因為……我佮你同款，毋甘風凝泉就這樣死去啊！」葉雨荷不知不覺提高了聲線，這無聲的夜晚格外響亮，「你佮風凝泉無應該就按呢結束……」

還想再跟他舉酒言歡，談明月，聊江湖是非，共同奮戰。

「不是只有你一个人心疼、痛苦，戲迷……像我同款喜歡恁的人也攏足毋甘欸，所以……」腦袋笨拙地組織出想傳達給他的意念，但卻只是讓語句變得雜亂無章。

「若是編劇不願意，若是連你家己攏放棄……彼就有影攏無可能改變啊！」啊啊、好丟臉，大放厥詞的說了那麼多，令她有些慚愧的低下了頭，但她眞的不希望絕藏的願望被捨棄，就算希望渺茫，她也想要放手一搏。

左肩覆上了一股溫暖的重量，她抬頭看見勾起和煦笑容的蒼鴞絕藏，金色瞳孔不知道是不是她的錯覺，少了些平常的銳氣，更多的是找到同伴的欣喜。

「吾眞歡喜，來到這个世界，頭一个人遇著的是你，葉雨荷。」那是他第一次喚她的名字，「就算是到這馬，吾抑是無法度接受自己的世界被人一手掌握，但如果是葉姑娘來寫，交託於汝，吾可以安心。」

少女的神情從不敢置信轉爲泫然欲泣，手心手背胡亂的擦著自己的臉頰。

此時此刻，只在戲外旁觀並單方面思念的外來者，因世界模糊了彼此之間的界線，放下成見與偏見，少女來到了故事角色的身邊，與之交心，深入其中，就算未來他返回原來的世界，重建了故事，那一晚月下的承諾，也足以讓這份羈絆，延伸下去。

「話講倒轉來，若是你，吾佮風凝泉的故事，汝會按呢寫？」

「這嘛……我先問你一个問題，佇你生日的前一工，風凝泉到底佮你講了啥？」

※※※

是什麼時候令他無法發自內心的爲創作這件事感到開心與雀躍？是最近？還是易麟離開人世之後？又或者其實在他分心跌落樓梯摔斷腿那時候就已經有了倦怠感？

雖然方才放下大話說即將辭下風雷布袋戲的編劇一職，但他想，也可能只是來到不同的領域繼續執筆工作而已，他還是得靠這一點維生，然而又爲何在看到葉雨荷堅定的口吻與神情時，讓他感到些許的悵然若失呢？

眼前的少女就像當年初出茅廬的自己，對未來有著滿腔熱血與期許，將興趣當作職業固然是一番美談，但在現實的摧殘之下，眞正能撐下去的人又有誰？

但如果、如果是已與蒼鴞絕藏結下不解之緣的她，葉雨荷的請求，早已不是只有她自己的事情了。

眞正最令他感到意料之外的是，在他筆下，除了風凝泉無眞心交陪的灰髮殺手，竟然會願意將改寫自我命運的權利給予相識不到一個月的少女。君岸看著緊閉雙眼、呼吸綿長的蒼鴞絕藏，在還沒成為殺手以前，他也曾經是在民風純樸的幻族村落成長的單純孩童，若沒發生過那般的慘案，或許也能有個平穩的童年與安逸的成長環境。

但在江湖，身不由己。

而這也是他一手創造的人物背景故事。

脫離正劇與編劇規劃好人生路線的角色，現在的他或許才是真正的蒼鴞絕藏。

「所以，拜託兩位，請把他交給我，讓我寫他的故事！」

葉雨荷再次的鄭重請求拉回他的思緒，要讓一名女孩子說出「請把男人交給她」這句話需要多大的決心？君岸甚至有種嫁女兒的錯視感，但平心而論，既然蒼鴞絕藏全心全意相信這名女孩，若他再反對，豈不像控制慾太過強大的父母親一樣？

而低垂著頭的葉雨荷，感覺到兩邊的肩膀各有不同的重量，她偏頭看去，花芊雯與石益宏分別搭上她的肩，以示支持。

「我也跟著拜託兩位。」

「我也是，她雖然有時候很衝動，但決定好的事一定會全力以赴。」

兩名編劇面面相覷，但易麟敏銳的發現，君岸鏡片底下的雙眼透露著幾絲欣慰，易麟勾起一抹笑，他已得知好友的決定，那就由他爲愛面子的好友效勞吧。

「這沒有回頭路喔，一旦決定了，你身上背負的可不只是他們兩人的命運，還有廣大戲迷們的期待喔。」

「我會做好心理準備！」

君岸輕咳了幾聲，「那如果你無法揣摩角色的心情或意境呢？」

「到時候我可能會多次打擾君岸先生，徵求您的意見！」

葉雨荷設想周到，但還有最重要的一件事他必須說清楚：「你總會面臨要爲他畫下句點的那一天，到那時候，你要怎麼辦？」

這個問題葉雨荷並沒有馬上回答，她眨了一下眼以後，淡笑說出的答覆卻讓在場人驚愕：

「我想，到時候，我可能還是會幫他安排一場轟轟烈烈的死亡結局。」

「啊？」石益宏發出怪叫，他有些激動地加重捏住葉雨荷右肩的力道，逼的她回頭望去：

「等一下，你這樣不就跟君岸做的事情是一樣了嗎？」

君岸跟易麟好整以暇，等待她的答案。

而或許是已經料到同伴會有這樣的反應一般，語氣柔和、毫不動搖地說：「石益宏，你喜歡甚麼樣的角色？」

好久沒聽到她叫自己全名的益宏微微愣住：「突然問這個幹嘛？我喜歡誰你跟學姊不是都蠻清楚的嗎？」

石益宏除了喜歡謀略聰慧的軍師與智者角色以外，對於力量強大但有原則的人氣角也很難抗拒，只是這類角色都有一個共通點。

「你喜歡的，現在在劇裡都還活著嗎？」

「怎麼可能，八成都已經退場了。」恐怕只有一兩個人物還活躍吧，想一想還蠻悲哀的，不禁納悶幹嘛不喜歡不死型的主角或是該劇台柱，非得要這麼折磨自己，隨著角色的生死大喜大悲。

「對吧？我們都是一樣的，不喜歡完美的角色，有缺陷的人生總是比較吸引人，因爲被吸引，因爲好奇他們的發展與故事，所以喜歡，絕藏他最希望風凝泉的平安，他曾說過他不畏死亡。」

葉雨荷微微側開身子，閃過石益宏的左手，環視在場所有人的雙眼，「我希望絕藏的願望可以實現，但我也不想對他開空頭支票，如果眞有那天的到來，那麼我也會好好構思他的退場方式，前提是，風凝泉不能有事，這是他唯一的條件。」

「他？這麼說絕藏他答應了嗎？你們那天晚上到底聊了多久？」花芊雯意外的詢問，但對於被瞞在鼓裡有點小小的不滿。

大概有查覺到學姊不悅的口吻，葉雨荷決定晚點跟兩人賠罪表示失禮，她有些尷尬的笑了笑說：「是的，這也是約定的一環，未來他的生命若走到結尾，那必須要遵從那晚的約定，他可以死，可是風凝泉不行。」

「……但看同學妳的表情，好像並沒有想要走到這最後一步對吧？」君岸的鏡片照映著滿臉躍躍欲試的葉雨荷，少女的嘴角拉長了弧度。

「絕藏他眞的非常的溫柔。」

「溫柔？」易麟有些意外這位大學少女對蒼鴞絕藏的形容詞。

「嗯，」她目光含笑的將目光投向平躺著的蒼鴞絕藏，「爲了不讓我太過自責或煩惱，還給了我像是最後手段的出路，但我可沒打算這麼快就用到這殺手鐧！」

她可以安排兩人一起引退江湖，不再出現在檯面上，除非眞的像他說的那般來到命運的交叉口，但未來他們兩人的發展還很難說。

君岸輕笑了一聲，問了好友：「你怎麼看？」

「哈，你明明就已經有決定了竟然還問我，我看不出反對的理由啊，畢竟，她是唯一能繼承我們兩人意志的人選了。」

有些時候，需要一些新血灌注碰撞出不一樣的劇情火花與靈感，就像當年，君岸一手將他拉進編劇的世界一樣，純粹、天真、但又無比的溫暖。如果是這樣的她，那他願意同意。

於是君岸伸出手：「那麼，蒼鴞絕藏跟風凝泉，日後就拜託你了。」

葉雨荷有些不敢置信地看著編劇伸出的右手，他的袖子口點綴著殘留的藍色墨水漬，她感到有些熱淚盈眶，蒼鴞絕藏的願望、她的期望，少女舉起微微顫抖的纖手，在接觸到對方的溫度後露出了本日最燦爛的笑容，她用力的握緊連結未來的那隻手並且大聲的應答：「是！謝謝你們！」

純白的空間颳起不應該存在的微風，空氣的流動接著匯聚到站在君岸身側的易麟，與此同時，易麟身上白光珠再度乍現，然而這次他的存在卻是隨著光珠而一點一滴的消散，易麟看著自己的雙手起先感到些許的詫異，但很快地便理解了。

君岸緊張的兩手抓住他快要消失的雙肩：「易麟！怎麼會這樣？」

反觀君岸的愕然，易麟則是感到解脫般的釋懷：「是我的時間到了，『一念之間』的效用快沒了。」啊，好友真的跟生前一樣呢，比起他更在乎自己的身體，他試著緩和一下氣氛，打趣地說道：「我還想說怎麼還沒到時效，原來蒼鴞絕藏要等到我們兩個點頭答應才放心呢。」

「不要……哪有這樣的？擅自出現，現在又馬上要消失……」鏡框下的面容扭曲著，易麟從沒看過他哭，雖然在生命走到盡頭前他都是眉頭深鎖的看著病床上的他，而今，好友的聲音哽咽了，有著害怕被丟下一人的無助感。

這下子，不又讓他為難了嗎？「別露出這種表情，你該送我離開了，我很高興這次有你的陪伴。」

下半身已然消失泰半，他握起拳頭軟軟的輕敲在君岸的胸膛上，露出他最喜歡看到的笑容：「不用擔心，我跟你的故事，已經找到接班人繼續寫下去了。」

他望向唯世布研社的三人，在看到葉雨荷時柔了目光，燦笑道：「萬事拜託了喔！我很期待他們接下來的故事。」

「易麟先生……」

「易麟……」

「你也是，下次可不要在自暴自棄了喔，不然我這次可是會從墳墓跑出來找你。」

他獨有的幽默感此時讓君岸不合時宜的笑出聲，「我知道了，真的很謝謝你。」

易麟的身影伴隨著他的話語，與純白空間合而為一，名為易麟的存在，似乎只是一場空，然後最後在他耳畔輕聲低語的道別，在在提醒，這次他與他，毫無遺憾。

「再見了。」

他說，再也不見。

男人的悲鳴喚醒了他。

在易鱗完全消失後，蒼鴞絕藏幽幽轉醒，第一眼又再度瞅見葉雨荷眼尾含淚的笑容以及同樣鬆了一口氣的石諡宏與花芊雯，對於這次不再是爲他擔心的愁眉苦臉，他感到些許的慶幸。

他看見不遠處跌坐在地上嚎哭的編劇，想必就是這道撕心裂肺的哭聲吵醒他，「一念之間」讓他見到最想見到的那個人，他在短時間內重逢又失去。

他明白這種感覺，他不會怪他，當初他也是抱著風凝泉的屍身痛哭。

葉雨荷伸出手拉起他，他問了問：「易鱗……創作吾之人，他出現了？」

「對。」

「他是怎樣的人？」

「趣味的人，看到人就喙笑目笑，實話講，佮風凝泉很相像。」

易鱗創作了蒼鴞絕藏，君岸又以易鱗的形象創作出風凝泉這一角色，蒼鴞絕藏與風凝泉便代表著兩名創作者之間的情誼與羈絆。

「原來如此。」可以的話，很想親眼見見他呢。

葉雨荷的笑顏持續不久，在看見同樣的白光籠罩絕藏的身軀時轉為驚愕：「絕藏！你的身體……」

「吾來到這個世界本來就是藉著創作者的靈魂，他消失，我也無可能留在這個世界。」

石益宏急忙的拉起他的手臂，使他站穩，但這麼做並無法停止白光從腳尖擴散的速度，他焦躁的喊著：「袂使！哪有人袂使說走就走，阮猶未、猶未……」

語尾的字詞梗在少年的喉頭時，花芊雯輕拍了他的背，回望過去，捲髮少女早已淚流滿面，但仍堅持強顏歡笑，看到這樣的學姊，石益宏緊抿著嘴，但握緊對方手臂的力道緩緩鬆開。

「阮……會思念你。」

「嗯。」

「其實我們……眞希望你會當留落來。」

「吾知曉。」

「順行。」

「多謝。」

千言萬語，也無法傾訴此刻的不捨，比起挽留，他更需要的是祝福，江湖路險，擁有這群單純的朋友何其幸運，至少，在遠離這世界的同時，他們陪伴他直到最後一刻。

白光掩沒到他的腰間，無感亦無痛，他轉而面向這世界裡頭，第一名遇到的人類。

「絕藏……他們答應我了……我會使寫你的故事了。」葉雨荷抹去情不自禁的眼淚，她希望自己能帶著笑容送他最後一程。

「多謝妳，爲這一切。」他不知道在失去父母與族人後，他的笑容是否也隨著回憶泛黃而封存在自己封閉的內心，但現在在三人面前，他們總能激起殺手早已遺忘但自然而然的笑顏。

「我、我會加油！」葉雨荷發出宣言，就如同那晚在陽台下的約定。

「所以，在我接你的故事進前，請你好好活下去。」

白光終究將他大部分的身體與背景融爲一體，漸漸模糊不清的輪廓，但少女卻感覺到蒼鴞絕藏微微傾身，在她的前額落下蜻蜓點水般的輕吻。

「再見。」

他說，下次再見。

隨著「一念之間」的術力消失，還給他們原來的會議室，而在原本蒼鴞絕藏所待的位置，只剩一尊精美的戲偶，睜著金色眉眼，此時葉雨荷才眞正理解到，與他們短暫相處的他已離去。

如夢似幻。

葉雨荷將戲偶舉起來，放在會議桌上，撢去偶衣上的灰塵，與戲偶平行四目相交。

「嗯，我們未來再見。」

終章

「所以，學姐是想說妳剛剛講的故事是眞的？」短黑髮一年級新生一邊隱忍著顏面神經不要扭曲，或是至少眉毛與嘴唇的位置保持一致，手一邊忙著梳理社偶青風的髮絲，奈何她實在很想發笑但又不好意思在前任社長、現任副社長的面前失禮，結果成了要笑不笑的詭異表情。

面對學妹質疑的發問，身爲資深學姐的她倒也不覺得被冒犯，沒辦法，她早就知道聽了這故事十個人有九個人都是這種反應，最後一人的反應大概中途就放空了，這位學妹的反應還算有禮貌。

「信不信由妳，我當年入社的時候確實怎麼問都問不出當初扮演蒼鴞絕藏的那個人，而且也從來沒有在社團看過有這麼一號人存在。」

在她還是大一新生的時候，就是因爲看到當時學長姊精彩的社博表演才引起了她想要加入布研社的好奇心，如今她已經是讀到研究所二年級，理論上來說社團可以功成身退，但因爲布研社這幾年雖然驚險躲過退社的危機，人員依舊稱不上充足，所以在學弟妹的請求之下，才接了有名無實、但經驗豐富的副社長一職，反正她只要從旁輔佐、適時給予社長與其他學弟妹社團事務上的問題就好了，大部分的時候她還是蠻常來社辦納涼的。

「眞要這麼說，那當初蒼鴞絕藏的本尊偶到底是如何被送到那位葉雨荷學姐的家中？」

「不就跟你說了嗎？連易麟也不知道……」好吧，或許該換個說法，因爲學妹連這一位顯靈的說法都不信了，「花芊雯學姐、就是好幾屆以前的社長，他們私底下猜測可能是工作人員糊塗不小心弄掉啦、遭小偷啦、另外還有……」

「妳乾脆跟我說她們猜偶自己動起來，混入其中之一的偶袋裡算了。」她有些不耐煩地打斷學姐，然而對方的回話卻令她嘴角抽搐。

「妳怎麼知道？他們當初也是這麼猜耶！」

算了，放棄溝通，但話匣子打開的學姐沒這麼簡單放過她。

「眞的啦，妳也是風雷布袋戲的戲迷，當年也經歷過光碟事件吧？那時不是還有人猜測第一波光碟跟後來出的光碟劇情不一樣嗎？」

這倒是眞的。

當年官方補給戲迷的《幻魔荒道》最後一集引發戲迷之間極大的討論，原本以爲是蒼鴞絕藏與其師上陵刀老的最後一戰。當上陵刀老要給予蒼鴞絕藏奪命一擊之時，被認爲早已慘死的風凝泉，藉由幻族術法假扮成上陵刀老的手下。又由於人數衆多，難以分辨敵我，假扮成敵人的風凝泉便用劍削去蒼鴞絕藏衣領上代表幻族的吊飾當作他們之間的暗號。

這時觀衆才明白，原來在調查過程中，風凝泉便懷疑上陵刀老是幕後黑手，並認爲自己有可能會成爲上陵刀老逼蒼鴞絕藏的人質，於是便用了小時候與父親從商時在村落學會的幻族術法，營造自己死亡的假象，再混入其中，形成兩人包夾上陵刀老的局勢。

被逼急也氣極的上陵刀老用上畢生絕學，欲消除心頭芒刺風凝泉，而蒼鴞絕藏卻把心一橫，玉石俱焚；重傷的他最後死命扣住上陵刀老，雙雙墜入懸崖。風凝泉追至谷底，卻只找到上陵刀老的屍體，不見好友蹤跡。

這一局，在一死一失蹤的代價之下，迎來終幕。

雖然上陵刀老的死確實消除兩人的江湖恩怨，但老者陰險狡詐，爲局勢留了後路，他們依舊無法阻止陰謀家開啟魔族與人界的通道，而那也是下一檔的主線劇情。彼時蒼鴞絕藏的生死也引來不少討論，而風凝泉後來加入正道，一邊協助正道對抗魔族，一邊尋找好友的蹤跡。

「是沒錯啦，我是還滿喜歡那時的劇情編排。」但比起風雷布袋戲的劇情，對於這故事，她更想知道現實層面上的眞實性：「問題是後來那位葉雨荷大學姐呢？有順利進入風雷當編劇嗎？」

「嗯……這我就不清楚了，很久沒跟小荷學姐聯絡了，上次見面是什麼時候啊？」

「什麼跟什麼啊！」結果最重要的資訊反而不清不楚，學姐有時候就是這麼的少根筋。

響亮但不惱人的鐘聲提醒著兩人已經在社辦聊這話題聊了一節課之久，再過十分鐘鐘聲就會變得十分討厭與掃興，已經研二的學姐此時認分的開始收拾桌上的東西與包包：「我待會有課，先走了，學妹妳整理完青風記得離開的時候關燈鎖門喔。」學姐不忘叮嚀完再離去。

戲偶的頭髮跟人類不同，缺乏油脂與再生力，在梳理頭髮時須注意不要用力過度將黏在偶頭上的頭髮給扯下來，短髮學妹小心翼翼地捧起青風墨藍髮絲。

卻聽到打響連續兩聲的敲門聲。

她回頭一望，門口佇立一名綁著細長低馬尾的成熟女性。如果不是因爲這名女性背著幾乎罩住整個人的長方形偶袋，會以爲是在十字路口看到的上班族。

「等等⋯⋯偶袋？」短髮學妹暗自詫異。

長髮馬尾女性有禮貌的啟唇問道：「請問這裡是唯世布研社的社辦嗎？跟以前的位置好像不一樣了。」

奇蹟似遠離廢社命運布研社，連社辦也換到較大間的教室。這名女性既然知道以前社辦的位置、又帶著偶袋，不難猜測應該是畢業的舊社員。

「是的，請問是畢業的學姐嗎？」

「對啊，我今天是來見老朋友的。」

「今天留在社辦的可能只有我一個，請問要找哪一位呢？」短髮學妹用有些遺憾的口吻說道，如果她早一點來的話說不定就可以跟副社長碰面了。

她卻是笑盈盈地說道：「沒關係，我已經找到了。」邊說邊走至戲偶青風的面前，微微低下身子說：「青風，好久不見！我帶蒼鴞絕藏過來了。」

她熟練地將偶袋裡的戲偶解開包裝、裝上姿勢架。

這期間在社辦的兩人不發一語。短髮學妹本就是屬於慢熟的那一型，更枉論從沒見過的學姐，而且對方慎重其事的像在進行什麼儀式，讓人很難打擾。直到當被重重氣泡紙包圍的偶頭完全攤開在兩人面前時，這空間響起了驚嘆聲。

不難看出這是平時保養有佳的戲偶。偶頭沒有碰撞或損毀，金色瞳孔炯炯有神的直視前方。短髮學妹是第一次這麼近距離看到蒼鴞絕藏這尊偶，而且跟青風擺在一起就好像眞正的蒼鴞絕藏與風凝泉。

「好漂亮，不好意思，請問……我可以拍他嗎？」布研社傳承下來的優良習慣，關心偶更甚於人，就算是新生也將這一點發揮的淋漓盡致。

「當然沒問題啊！我今天來，就只是爲了讓他們倆見面。」

含笑說著這句話的大學姐，雖是看著兩尊偶，但飄忽的眼神似乎想著什麼。這讓學妹不禁好奇，這兩尊偶對她來說有甚麼特別的意義嗎？如果只是單純他們兩人的組合，還特別需要今天過來嗎？

大學姐此時轉頭問：「學妹妳有看風雷布袋戲嗎？」

突然被搭話的她嚇了一跳：「啊！有，我打算待會回家的時候去買光碟。今天剛好是新片發售日。」

「眞的嗎？謝謝支持。今天的劇情會有好久不見的角色出現喔！」

「咦？」

正當學妹想再詢問時，青風與蒼鴞絕藏的見面卻結束了。大學姐重複剛才解封的動作將戲偶再次包了回去，不消片刻，蒼鴞絕藏的戲偶又被她收回了偶袋。

「那麼學妹，我先走了喔，很高興認識妳。」

大學姐來去如風，沒有解答任何她的疑問，反倒留下更多的謎團，她愣愣地揮手目送她離開以後，才喃喃低語：「好久不見的角色？誰啊？最近的劇沒有這樣子的跡象啊？」

※※※

荒野之上，一條人影急急而奔。

風凝泉利用輕功加速，試圖拉遠背後魔兵緊追不捨的攻勢，他現在手上握有反方高層的戰略機密，無論如何必須將這項秘密盡快傳達給正道人士知曉，忙著趕路的風凝泉手握紙扇，回手便是幾道氣勁破空而去：「煩吶！」

「圍起來！」

「休走！」

「殺啦！殺啦！」

以他的功力，區區幾隻雜兵不算什麼，然而人海攻勢卻是源源不絕的消耗他的體力與氣力。

他在竹林中狂奔，盤算著利用地理優勢掩去自己的蹤跡，奈何最終還是在出了竹林以前被包圍。

當他忙著處理眼前的雜兵時，一名弓兵趁其不備，塗有毒藥的箭矢穿肩而過！風凝泉當場見血。

「啊！」

毒素蔓延的很快，他漸漸感到力不從心，就在魔兵即將湧上給予他最後一擊時——

塵沙起，竹林響，幾道刀氣突破戰局，瞬間魔兵哀、人頭落地。

風凝泉激動地轉頭望向竹林深處走出來的那名刀者。

（熟悉的角色曲再起，鏡頭先是模糊的徐步踏來的來者身影，接著特寫腳步、嘴唇、以及銀色髮絲，搭配著那名角色的出場詩。）

「生來死去皆是幻，一念之差成絕恨。」

影片已來到尾聲，片中的旁白極其吊人胃口的為這一集下了最後的註解與預告：緊張緊張緊張！刺激刺激刺激，幻族殺手，再現塵寰，他又將為這個武林帶來何種變數？又為何出現在風凝泉的眼前？預知結果，請繼續收看風雷布袋戲《魔禍鬼劫》第十八集——「絕塵‧現蹤」！

「咦——！？」以最快速度購買到新片的短黑髮學妹，在結束完最新劇情的欣賞後，發出了家人都來她房間關切的驚叫聲，但她無暇顧及，只激動的快速上網搜尋其他戲迷的觀劇心得與劇情分析。

※※※

葉雨荷用舒服的姿勢躺在沙發上，看著手機畫面裡社群網站上關於新劇的評論咯咯發笑，若雙親看到她這麼放肆的姿勢一定會碎念她，但幸好這裡既不是她在雲林的住處也不是台北的家裡頭。

「笑得這麼詭異，看樣子，戲迷普遍的評論還不錯？」出借租屋處給葉雨荷開新片聚會的石益宏一邊將光碟片放進播映機，一邊吐槽同屆社員，即便他們許久沒見面，相處模式還是跟以前大學時期差不多。

「我只是突然想起來今天回社辦時，學妹的表情而已，嘻嘻，不知道她看完今天這集的反應是什麼？」

「我還以爲編劇不會上網看戲迷的反應呢？萬一評論不好心臟豈不是要夠大嗎？」頭髮長長不少的花芊雯把零食與飲料放在電視機前的桌上後，坐在葉雨荷的旁邊，後者本想給她看看手機呈現的螢幕，被她給婉拒了：「先等等，我不想被劇透，反正待會就要看了，我不想錯過他的再登場。」

「我說，這位編劇小姐啊，如果連我們兩個都覺得不夠精彩，可不會讓那個人心服口服喔！」石益宏不懷好意的笑了笑，想刺激一下看看從剛才爲止便得意燦笑的葉雨荷，後者露出不畏的神情笑道。

「放心，我這幾年的磨練可不是假的。」

一切準備就緒，她拿起遙控器對準電視機的播映器。

「那麼，開始了喔，這場老朋友的聚會。」

熟悉的身影、熟悉的個人背景音樂，鏡頭聚焦於兜帽下的細緻側頰，葉雨荷欣賞成品的同時，滿意的看著石益宏與花芊雯在看見幻族殺手出現在螢幕時的興奮與滿懷感動的神情。

她做到了，月下承諾好的約定。

「歡迎回來，蒼鴞絕藏。」

說故事 014

偶・遇

作者：籬籬櫻

封面插畫：易水祥麟
美術設計：Benben

總編輯：廖之韻
創意總監：劉定綱
編輯助理：錢怡廷

法律顧問：林傳哲律師/昱昌律師事務所

出版：奇異果文創事業有限公司
地址：台北市大安區羅斯福路三段193號7樓
電話：(02) 23684068
傳真：(02) 23685303
網址：https://www.facebook.com/kiwifruitstudio
電子信箱：yun2305@ms61.hinet.net

總經銷：紅螞蟻圖書有限公司
地址：台北市內湖區舊宗路二段121巷19號
電話：(02) 27953656
傳真：(02) 27954100
網址：http://www.e-redant.com

印刷：永光彩色印刷股份有限公司
地址：新北市中和區建三路9號
電話：(02) 22237072

初版：2021年1月28日
ISBN：978-986-06047-1-9
定價：新台幣300元

版權所有・翻印必究
Printed in Taiwan

國家圖書館出版品預行編目(CIP)資料

偶·遇 ／ 籬籬櫻著. -- 初版. -- 臺北市：奇異果文創, 2021.01

面；　公分. -- （說故事；14）

ISBN 978-986-06047-1-9（平裝）

863.57　　110000642